SOBRE OS CANIBAIS

CAETANO W. GALINDO

Sobre os canibais
Contos

COMPANHIA DAS LETRAS

Copyright © 2019 by Caetano W. Galindo

Grafia atualizada segundo o Acordo Ortográfico da Língua Portuguesa de 1990, que entrou em vigor no Brasil em 2009.

Capa
Raul Loureiro

Preparação
Ana Cecília Agua de Melo

Revisão
Isabel Cury
Carmen T. S. Costa

Os personagens e as situações desta obra são reais apenas no universo da ficção; não se referem a pessoas e fatos concretos, e não emitem opinião sobre eles.

Alguns dos contos deste livro são reelaborações de contos publicados em Ensaio sobre o entendimento humano (*2013*), *obra esgotada, vencedora do prêmio Paraná de literatura.*

Dados Internacionais de Catalogação na Publicação (CIP)
(Câmara Brasileira do Livro, SP, Brasil)

Galindo, Caetano W.
    Sobre os canibais : contos / Caetano W. Galindo. —
1ª ed. — São Paulo : Companhia das Letras, 2019.

    ISBN 978-85-359-3289-8

    1. Contos brasileiros I. Título.

19-30081   CDD-869.3

Índice para catálogo sistemático:
1. Contos : Literatura brasileira 869.3

Cibele Maria Dias – Bibliotecária – CRB-8/9427

[2019]
Todos os direitos desta edição reservados à
EDITORA SCHWARCZ S.A.
Rua Bandeira Paulista, 702, cj. 32
04532-002 — São Paulo — SP
Telefone: (11) 3707-3500
www.companhiadasletras.com.br
www.blogdacompanhia.com.br
facebook.com/companhiadasletras
instagram.com/companhiadasletras
twitter.com/cialetras

Há mais barbárie em comer um homem vivo do que em comê-lo morto.
Michel de Montaigne
(tradução de Rosa Freire d'Aguiar)

All are heartily welcome to the feasting of the brave

Sumário

Ela, 9

Livre-arbítrio, 11

Tudo ou nada, 18

Bienal (S. Med. pat. req.) 2, 24

Não sei se eu dou conta, 27

Juvenal (in memoriam), 32

Nosferatu (2), 33

Vida aos cacos, 37

Investigações filosóficas (1), 49

O grande escritor, 50

Bienal (S. Med. pat. req.) 5, 57

Cena 1, 59

Juvenal (in memoriam), 61

Sincero, 62

Pentimenti, 66

Bienal (S. Med. pat. req.) 3, 77

Cena 2, 79

Juvenal (in memoriam), 82

A indesejada das gentes, 83

Nosferatu (4), 90

Sozinho, 94

Juvenal (in memoriam), 112

Ele, 114

Jonas, 116

Nosferatu (1), 123

Bienal (S. Med. pat. req.) 7, 128

Sinceridade e autenticidade, 130

Juvenal (in memoriam), 135

Boa noite, tchau, até amanhã, 137

Investigações filosóficas (2), 147

Autêntico, 151

Juvenal (in memoriam), 155

Bienal (S. Med. pat. req.) 1, 156

Der Leiermann, 160

Você, que está vivo, 170

Juntos, 174

Duas histórias sentimentais e um grito desesperado, 175

Nosferatu (3), 181

O castelo, 182

Juvenal (in memoriam), 186

Käfer, 187

Tudo que restou, 196

Ela

— Não, aí a gente lá na loja e eu, Mô, e esse aqui? Porque já tava difícil, e eu sozinha e nego ali necas, sabe. Pô. Desinteressado mesmo. Total. E eu cansada de carregar o sujeito nas costas, sabe? Aí eu, Mô, e esse aqui? E ele, Meio demais, né…? Cê me acredita numa coisa dessa? "Me-io-de-mais"…! Aí eu pum: Como assim "meio demais"? É exatamente o mesmo que a Vanda tinha lá na casa dela, que você disse, que ele tinha dito mesmo, o moloidão, que quando você foi lá na casa da Vanda, lá no Villa Parigi, puta condomínio lindo de morrer, sabe qual?, lá no Yauê, que a Vanda, minha colega de escola a Vanda, um doce, fazia anos que eu não via, um amor. Mas tá um caco. Nossa. Caidaça. E ele tinha dito que era bonito. "Legal." Lá na casa dela, né. Só lá na casa chique dela. Tô pra ver. E eu, Você acha a Vanda a maior perua, então…? Por acaso, né? Porque ela tem exatamente esse aí-zinho lá na casa dela… E ele, Não sei… sei lá, Mô. De repente aqui no mostruário eu não consegui ter a noção assim direito. E pode? E eu, Mas diz de uma vez, criatura, que eu já estou um trapo de ficar batendo perna aqui de loja em loja, gostou ou não gostou. E eu até dei uma olhadinha pra moça, pra vendedora, que já tinha sacado tudo. Mulher, né? Deve ter um igualzinho em casa. E ele me faz uma puta cara de quem tá analisando e, É... no fim acho que vai ficar bacana mesmo, Mô. Aí eu não me segurei mais. Ai, me poupa. Vai crescer. Seja homem. Um pouco de personalidade também, né. Ah, fala sério...

Livre-arbítrio

eviscerado de Luís Bueno

Quando a sua história começa, aqui, a dela está pra acabar.

Tinha que ser uma ponte. O que deixa a coisa toda já com uma cara meio convencional, convencionada, quase sem jeito, meio falsa.

Tinha que ser uma ponte, tinha que ser de noite. Vá lá. Tudo bem.

Mas aí também tinha que ser uma ponte dessas mais velhas, com uma grade que desse pra pular facinho, porque ela nunca foi boa de pular muro. E porque, convenhamos, ia ser totalmente nada a ver você cair da grade e morrer estatelada lá embaixo no rio, por acidente. Era só o que te faltava, menina.

Tinha que ser rio. Ah, isso tinha.

Agora que diferença haveria de fazer. Se você decide se matar, que diferença haveria de fazer o como, o quando, o onde, e pra lá de especialmente que diferença haveria de fazer se fosse ou não fosse totalmente nada a ver, maisíssimo ainda se ninguém soubesse que tinha sido totalmente nada a ver.

E fazia diferença alguém saber?

Se ela queria se matar, se queria acabar com a vida toda, de uma vez, fazia diferença? Por que o rio? Por que a ponte? Por que esse tempo todo ali parada do outro lado da grade que afinal *foi* fácil de pular mas era muro, não era grade, deu pra sentar em cima e jogar as pernas e descer bem com calma até ficar ali parada agora, de pé, esse tempo todo, pensando esse monte de merda e olhando o rio, sem ter corrido risco de despencar por acidente e morrer descomposta, de susto. Nada a ver.

Pior coisa, morrer de susto. O que faltava.

É a última decisão que ela vai tomar.

E a mais importante.

E já tomou.

Talvez seja isso, então. Menos que essa ideia de saber se os outros vão saber. Ou parecer ridícula, ou sei lá o quê. E pra quem.

Talvez seja que a decisão precisa ser pesada, medida, sentida em cada passo, em cada grau, cada degrau, em cada passo, em cada salto. Em cada passo. É isso. Que ela precisa entir. Tudo. Que pelo menos neste momento da vida, neste momento que é de acabar com a vida...

Que pelo menos deste momento ela tenha controle, tenha podido decidir de verdade, tenha escolhido. Escolhido inclusive o tal lugar.

Que tinha ponte, em cima de um rio, que tinha grade de murinho que era fácil de pular, que tinha até, e isso também ela nem lembrava quando lembrou dessa ponte, daquele dia com as gurias, que tinha até tipo esse beiralzinho do outro lado da grade, onde agora podia ficar parada, sozinha. Naquele dia com as gurias ela não estava interessada no outro lado do muro. Não estava sozinha.

E era longe, aqui.

Meio no meio do mato.

Era uma estrada.

Aí inclusive tinha pouquíssima chance de aparecer alguém tipo, Ei, que que cê tá fazendo aí, guria. Aí cena. E aí fodeu.

Tipo um guarda.

Ou carro passando. Quando ela chegou ficou coisa de meia hora dentro do carro, relendo os bilhetes que aí ficaram direitinho em cima do banco. E nenhum carro passou. Agora já estava ali tinha coisa de mais de vinte minutos. E carro nenhum.

Era um dos maiores medos. De aparecer alguém e acabar com esse momento que, pelamor, era pelo menos *um* momento que ela queria que fosse dela, tranquilo. Pensado. Pelo menos esse. Mas não vai aparecer ninguém.

Quando essa história acabar.

Só.

Quase uma hora ali. Entre carro e beiralzinho. Quase uma hora pra chegar de casa ali naquele pedaço de estrada. Devia ser pelas três da manhã.

Fazia pelo menos duas horas, duas horas e meia, que ela tinha decidido, pesado, escrito bilhetes, escolhido, marcado lugares. E a vontade não mudava.

Estranhamente calma.

Estava estranhamente calma. Nunca pensou que pudesse ser assim.

Medo do pulo não tinha. Tinha era medo de alguém chegar. Medo do medo de alguém chegar acabar fazendo ela fazer mais rápido o que tinha que fazer, medo de aí não conseguir se sentir inteira no controle daquilo. De não conseguir sentir. Por pressa. Assim como antes de pensar direito tinha medo de cair por acidente e morrer nada a ver. Estatelada. Ainda tem. Ridícula.

Mas não tem mais acidente. Agora que o murinho está firme atrás dela.

É decisão.

É decidir.

Ridículo, afinal, era se importar com o ridículo de alguém roubar dela, logo hoje, o direito de ter decidido, querendo.

Que nem quando ficou tentando limpar a sola do tênis no tipo de meio-fio do outro lado do muro, antes de subir, antes de sentar. Porque quem foi o samonga que me veio passear com um cachorro aqui nesse meio do nada. Deve ter sido um cachorro-do-mato, ridícula. Ou outro bicho. Deve estar cheio de bicho olhando em volta. Sem entender. Sem capacidade de entender ou de decidir. Que nem você. Que você tem. É capaz.

Onde já se viu. Se preocupar.

E a luz do carro ficou acesa. As luzes. A de dentro e a do farol. Pra ela poder ver em volta. Pra poder como que ter consciência. E pra ela saber, de algum jeito, que de algum jeito aquelas luzes iam morrer depois. Depois dela. A bateria acabando e as luzes sumindo. Ela quase ouvia o estalo do silêncio do escuro de repente. Mas não ia ouvir mais. Isso tudo ia ser depois.

A luz do carro ia ser um rastro. Um rastro de luz ali no mato.

E ela ficou raspando e olhando de novo a sola do tênis e tirando os restos. E aí desistiu. Merda. Ela ia se matar, caralho.

E, quer saber, ia se matar caindo num rio. Ia lavar tudo. Foda-se a merda de bicho do mato. Ia ficar tudo limpo. Limpinho. Nem com isso ela tinha que se preocupar, se é que tinha que se preocupar com alguma coisa. E desistiu.

Mas aí o cheiro…

Parece que de mexer só piorou. De raspar um pouco. Um pouco e não tudo.

Também não é que ela quisesse tipo "gozar" o momento. Aquele último momento. Como se tivesse algum prazer. Ali. Mas atrapalha, o cheiro. Se bem que se ela não pula de uma vez…

Se decidiu tem pelo menos três horas que vai pular e não pula de uma vez, é por quê? Senão por algum tipo de prazer nessa coisa de ir embora? Ou receio? Raspa de novo a sola do tênis, agora deste lado do murinho.

Só que o tal meio que beiral aqui desse lado é meio redondo, de repente até pra evitar que alguém queira ficar aqui pra pular (ela tem que se segurar no murinho o tempo todo, uma suicida que se segura pra não cair: uma suicida que se segura pra não cair e limpa a sola do sapato…). Esfrega a sola uma vez só, deixando uma marca comprida no cimento claro, o que, claro, só piora o cheiro. E ainda deixa aquela trilha atravessada, uma seta de merda que aponta pro rio.

Ela dá um passinho pro lado.

Com cuidado.

(Suicida com cuidado…)

E o mais estranho é que esse assunto todo do suicídio…

Da decisão, das escolhas e decisões, de fazer essas coisas uma a uma, bilhetes, escolher roupa… Escolher roupa. Ela escolheu uma roupa. Que essa coisa toda, e esse tempo todo, essas mais de três horas cuidando disso tudo meio que apagaram o resto todo. O que levou ela a pensar naquilo tudo pra começar.

Ficou a certeza da dor. Só.

A certeza da desilusão. Da irresolução impossível.

É só por isso que ela não mudou de ideia esse tempo todo. Que ainda está ali. Mas ela ainda está aqui.

Se preocupar com acabar com tudo aquilo de uma vez foi o que fez, pela primeira vez, fez tudo aquilo sumir do primeiro plano. Ela ficou ocupada demais nas últimas horas, fazendo finalmente alguma coisa por si própria. Finalmente alguma coisa definitiva, certa, clara, que só ela mesma podia fazer, e só por ela mesma. Que não dependia de você. Você. Segunda pessoa. Que não dependia de você me querer ou não me querer. Que não dependia de a mãe achar esquisito. Que não dependia de você se preocupar com isso e me mandar pastar. Me foder.

O zumbido de fundo das últimas semanas. Uma outra atividade não teria. Foi só por eu ter decidido vir aqui, pular de uma vez, que aquilo apagou. Porque decidir é a solução. Resolveu de verdade os problemas. Os meus problemas. Porque acaba. Porque não tem mais. Não dói mais.

E quando acabar, e não tiver, e não doer, aí não é mais problema. De ninguém.

Mas agora, já só por eu ter decidido, escolhido, feito uma coisa por mim, clara, definida, eu já posso sentir antes essa tranquilidade. Já é quase como se não precisasse pular. Mas isso só porque eu *vou* pular.

Ouviu?

Nessa noite linda. Sem lua. Montão de estrela. Com esses bichos todos me olhando por causa da luz que vai ficar. Das luzes.

Com aquele rio e aquela pedrarada lá embaixo.

Bem lá embaixo.

É respirar fundo. E chega.

Cansei.

— Foi. Acharam o corpo ontem. Parece que foi tem uns dois dias.

— ...

— Tinha. Tinha um monte de bilhete no carro. Mas parece que não deu pra ler.

— ...

— Parece que ela deixou a janela aberta e uns bichos entraram.

— ...

— Sei lá, tipo serelepe. Roeram meio que tudo. Tinha comida no carro, e a bateria tava arriada, aí os caras acham que ela tinha deixado a luz acesa. Aí entrou um monte de bicho.

— ...

— O estofamento. Tudo. Tava tudo ferrado. Tudo cagado. E os bilhetes. Meio roídos, meio rasgados. Diz que deu pra ler só uns pedaços.

— ...

— É. Foi o que me disseram também.

— ...

— É. Que o mais engraçado era isso. Que tinha uma puta marca de sujeira no beiral da ponte mais ou menos de onde ela deve ter caído. Tipo uma arrastada de pé assim.

— ...

— Porque choveu uns dias e depois não chove mais tem uns três, lá. Que parece que no fundo, no fundo mesmo, ela acabou foi escorregando.

— ...

— Foi.

— Tadinha.

Tudo ou nada

11/35

A gente saiu na semana do meu aniversário. Naquele ano o meu aniversário caiu numa sexta, acabei de ver, então é bem possível que a gente tenha saído na própria sexta-feira.

E não era assim tão normal, sair só com ela. Tinha uma aura meio diferente. Um evento.

Porque quando você tem um irmão acaba ficando raro sair com um dos pais. Só. Sozinho. Mas naquele dia a ideia era mesmo que aquele dia fosse uma coisa "especial". Porque sexta-feira era o meu aniversário de onze anos.

A cidade tinha exatamente um shopping center em 1984. Então deve ter sido ali. A gente entrou e foi direto pra loja de discos. Ela me conhecia.

Eu lembro de a gente ter passado, sei lá, uma meia hora na Brenno Rossi. Eu maravilhado. Andando entre os discos e precisando escolher. Um. A gente não tinha muito dinheiro, e eu sabia disso.

Mas um disco me escolheu.

A capa era mais linda, eu gostava de música dos anos sessenta.

Só que o nosso plano de saída especial envolvia duas etapas. Comprar um presente pro Caetano e "fazer um lanche". Não apenas "ir para a cidade". Mas "fazer um lanche".

Nós deixamos a Mary Hopkins quietinha na loja (não antes de ela me garantir que aquele era só o mostruário. Que mesmo que alguém viesse comprar o disco enquanto a gente fazia um lanche eles iam ter outro pra me vender) e fomos até as Americanas.

Ela achava chique demais uma coisa chamada ice-cream soda.

Não sei se era por causa do nome em inglês. Ela também adorava contar de uma vez que saiu com as amigas da escola e tomou um "banana spli". Na escola ela era a melhor aluna de francês, antes de o meu avô fazer ela ficar em casa pra ajudar a cuidar das irmãs. Ela sempre disse banana spli. E lá em casa a gente sempre "tomava" sorvete, aliás.

Eu lembro de a gente sentar na lanchonete das Americanas e olhar com cuidado o cardápio.

Eu realmente não lembro, no entanto, o que eu comi. Se é que comi.

Mas definitivamente eu tomei o tal do ice-cream soda. E, também definitivamente, eu lembro que ela não. Não quis nada.

A gente ficou ali conversando enquanto eu tomava o meu

negócio. Depois, saímos da lanchonete e fomos buscar meu presente na loja de discos.

Onze anos.

Eu lembro desse aniversário.

19/43

Quando eu comecei a ganhar o meu dinheiro, dando aulas de música, comecei, claro, a ter uma ideia diferente do valor das coisas. Comecei a perceber o que era não ter na mão o dinheiro pra querer alguma coisa. Discos, por exemplo.

Não sei.

Mas foi mais ou menos nessa altura (eu sou muito lerdo, eu sou muito retardado, eu me odeio demais por isso). Foi mais ou menos nessa altura que me caiu a ficha *pela primeira vez* que ela não tinha tomado o ice-cream soda pra garantir que a gente fosse ter dinheiro pra comprar o disco.

Não foi falta de vontade.

Não foi uma escolha simples.

Ela deixou de fazer uma coisa que certamente queria, deixou de tomar uma coisa que achava deliciosa e chique.

Eu fiquei com raiva. Mas nunca perguntei nem mencionei nada pra ela.

Ela ia negar, afinal.

27/51

Jantando com a minha filha. A neta. Outro shopping. Mesma cidade.

A gente não tinha muito dinheiro. Eu tinha acabado de

sair da escada rolante com ela, mãozinha na minha, torcendo torcendo torcendo pra ela não ver o cara que vendia bexigas metalizadas logo ali do lado. Porque a gente não ia poder pagar. Porque eu não ia poder pagar naquela hora. Bem naquele mês, não...

E ela não viu mesmo.

(Ou viu e ficou quieta? Ela é tão mais esperta que eu...)

Eu comprava um risoto, prato de plástico, e sentava com ela do meu lado esquerdo numa mesa redonda. Eu com dois garfos. O meu na mão esquerda, o dela na mão direita. E a gente ia conversando e comendo o mesmo risoto. Eu sempre vendo quanto ela ia comer antes de engolir a parte que me coubesse.

Foi nesse dia, foi nessa noite na verdade que me caiu a ficha de que aquele dia nas Americanas tinha sido não uma dor pra ela. Não uma mácula. Mas um dia a mais na vida de uma mãe.

Porque eu não ia pensar duas vezes pra deixar de comer meu meio risoto se com isso desse pra comprar a bexiga metalizada pra Beatriz.

Mas, pera.

Eu não fiz isso...

39/(63)

Semanas depois do meu aniversário ela morreu.

Eu nunca falei com ela daquele dia nas Americanas. Do ice-cream soda. Da Mary Hopkins.

Os lps ficaram pra trás, vieram os cds, que ficaram pra trás. O meu exemplar daquele disco eu nem sei onde foi parar.

A cidade hoje tem dezenas de shoppings, eu tenho mais dinheiro, tenho uma filha linda de quinze anos que quis viajar comigo em vez de ganhar uma festa. E eu pude pagar.

Eu não estava mais com a mãe dela. Eu não tinha mais mãe.

Eu tinha uma mulher incrível, e ia viajar com a minha filha.

Conversei demais com ela. Andei bastante. A pé, muito. De metrô.

Um dia no metrô um cara entrou no vagão com um violino e começou a tocar uma melodia russa, que eu levei umas horas até perceber que conhecia de uma canção dos anos sessenta, com letra em inglês. *Those were the days*. Mary Hopkins.

Dias especiais.

Foi aí que eu dei outro peso àquele dia, quase trinta anos depois. Meses depois da morte dela.

Porque aquilo não representou mesmo nada pra ela. Aquela abnegação. Era um dia a mais na vida de uma mãe.

Porque aquilo representou alguma coisa pra ela, porque não era também que ela saísse o tempo todo e "fizesse lanches", afinal. Aquilo ali era raro e especial não só pra mim.

Aquilo foi raro e especial não só pra mim.

Aquilo foi nosso.

Foi nada e foi tudo.

Como tudo.

Como eu.

Como ela, hoje. E daqui pra frente.

Bienal (S. Med. pat. req.) 2

Objeto.

Caixa de madeira construída de modo a reproduzir em detalhes a estrutura (externa e interna) de um gabinete (?) de elevador com capacidade para talvez oito pessoas.

O gabinete em questão deve ser de padrão algo antiquado. Telas nas portas são no entanto indesejáveis. Portas com duas folhas deslizantes: absolutamente necessárias.

Na apresentação final do objeto a porta estará aberta pela metade. Tendo apenas uma das folhas deslizado, revelando-se dela pouco mais que a borda. Portas e paredes internas deverão reproduzir o conhecido padrão cerejeira dos laminados baratos.

Não há necessidade de reproduzir do mecanismo externo do elevador (contrapesos, polias, cabos) nada que não diga respeito diretamente ao habitáculo de passageiros. A representação final será a de uma caixa de madeira mais rústica por fora que por dentro (à exceção da face visível das portas).

O gabinete em questão deverá contar com um espelho na

parede dos fundos que, de resto, deve se apresentar completamente nua.

No piso do gabinete deve-se ver um tapete do tipo capacho, de cor marrom-clara, frisado de preto nas bordas e que traga, no centro, a inscrição "Residencial" nitidamente legível e, onde se esperaria encontrar o nome do condomínio, um extremo desgaste que possibilite a leitura de apenas fragmentos de letras.

Quaisquer letras.

Na parede correspondente ao lado da porta que se abriu (ou seja, na parede mais facilmente visível), pelo lado de dentro, haveria a reprodução, ainda em escala, do painel de controle (modelo antiquado, com botões que, pressionados, se mantêm mais baixos que os outros) em que se percebe ter sido premido o botão correspondente ao sétimo andar.

A escala do objeto deverá ser a que baste para gerar uma peça de cinquenta e três centímetros e meio de comprimento (total), que deverá ser exibida deitada, com a abertura da porta apontando para um lado (forçando assim o espectador a se abaixar para enxergar o exterior), sobre soclo o mais neutro possível, preferencialmente branco, paralelepipedal, com cerca de um metro de altura e de dimensões, em sua face quadrada superior, que superem em pelo menos trinta centímetros a altura total do objeto, que no entanto estará exposto com sua face aberta ao menos um centímetro para *fora* do soclo, como que prestes a despencar.

Dentro do habitáculo há a reprodução tridimensional de um ser humano. Em escala. Na medida do possível com precisão fotográfica (cf. Mueck, Piccinini, Salmon, Feuerman...).

O ocupante estará postado exatamente na abertura da porta, plenamente visível, portanto.

Deverá estar sorrindo.

Deverá estar nu.

Deverá carregar nos braços uma coroa de flores em escala reduzida, que pareça ocupar em seu peito o espaço usualmente ocupado por um buquê de dia dos namorados.

Na coroa funerária haverá um nome escrito em letras demasiadamente ornadas e reduzidas para poder ser legível.

O nome.

Não sei se eu dou conta

— Posso entrar?

— Oi? Oi-oi, pode. Pode. Pode… Pode, senta aí. Claro. Só me dá um segundinho que eu tenho que… que eu só estou terminando aqui… esse… Só um segundo.

— Beleza.

(*Ele entrava ali toda vez de coração na mão. O chefe quis sempre ser chamado pelo nome. O chefe era todo e só sorrisos. Mas ele morria de medo. Era o melhor dos empregados. E sabia disso. Ou sabia que o chefe achava que ele era o melhor dos empregados. Mas toda vez entrava ali de coração na mão, e hoje ia tentar.*)

— Opa. *Enter*! Foi. Maravilha. Diga de lá, funcionário--modelo. *Pobremas*? (com uma piscadinha…)

— Não. Não sei. Na verdade eu não sei, sabe?

— Não sei.

Risos.

— É o seguinte. Eu acho que… eu… (*desvia o olhar para o chão*) eu acho que eu queria uma dispensa dessa coisa das palestras.

— Como?

— Das palestras. Sei lá. Meio que de repente assim só por um tempo.

— ...

— Mesmo.

— Tudo bem... Tudo bem, mas... mas por quê, meu?

— ...

— Por que uma coisa dessa, rapaz?

— Eu não sei... Eu... Eu não estou dando conta.

— Cara, você é o melhor palestrante que a gente tem. Todo mundo aqui quer ser você quando crescer, véi... Por que essa dúvida de repente?

— ...

— Daonde isso?

— É que, sabe... Eu não sei mais. A gente entra todo dia naquelas salas pra "motivar" as pessoas... Em cada empresa que a gente vai é isso que eles esperam da gente e é com isso que eles contam... E "motivar" as pessoas, mesmo que isso seja parte de um puta sistema que na verdade é claro que só quer espremer aquelas pessoas e tirar coisas delas, ganhar mais dinheiro, fazer elas fazerem mais dinheiro, fazer elas virarem dinheiro pros outros, pros caras que pagam a gente... motivar esse pessoal é, só pode ser, só pode ser uma coisa boa, né? É por elas, afinal. Assim, no fundo. Era só pensando isso... É só pensando isso que eu entro todo dia naquelas salas. Que eu sei que eu estou a serviço de uma engrenagem, de uma máquina de moer carne, mas que no fundo, pessoalmente, do meu lado, eu estou fazendo uma coisa que é ainda minimamente boa por aquelas pessoas, pra aquelas pessoas. Se é pra virar patê, melhor ser moído "motivado", né? Tipo aqueles caras que fazem um carinho no boi e aí se vangloriam de matar sempre com uma porrada só, bem dada.

(*Risos.*)

— ...

— Mas daí, de uns tempos pra cá, eu tenho percebido outra coisa. Que na verdade não é isso que me motiva dentro daquelas salas. Que na verdade o meu primeiro, o meu tipo meu objetivo mais constante e mais direto em cada momento, em cada segundo daquele tempo todo que eu fico lá falando com aquelas pessoas e tentando fazer elas serem umas pessoas mais seguras e umas pessoas mais seguras que vivem mais tranquilas dentro das peles lá delas, que a coisa que mais me motiva é na verdade fazer aquelas pessoas gostarem de mim. Ali naquela hora.

— Bom... Faz parte, né? Mas você tem que ver que.

— E isso eu primeiro pensei que era até um meio que um orgulho de profissional. Que se eu queria que aquelas pessoas saíssem dali dizendo que palestrante legal e inovador e impressionante e motivador que eu era, que eu estava na verdade era trabalhando até nos interesses da firma que me emprega, garantindo o meu emprego, o emprego dos outros empregados da firma que me emprega e, mesmo que ainda assim isso tudo estivesse ainda a serviço da tal máquina de moer carne, não deixava de ser uma coisa, afinal, que era intrinsecamente boa. Sabe? Mas depois eu percebi que não era isso. Que não era o palestrante. Ou os futuros contratos que pudessem vir das firmas em que os amigos daqueles caras trabalhavam quando eles ouvissem desses caras as maravilhas que eu, empregado de vocês, fazia com eles. Tinha feito por eles. Que o que me motivava era a ideia de eu estar fazendo, a cada momento da palestra, aquelas pessoas acharem que eu era um cara bacana. Um cara legal, engraçado. Um cara que elas iam querer convidar pra um café. Que elas gostassem de mim.

— ...

— E eu ainda achava que tudo bem. Que isso ainda cabia. Que podia ser egoísta, mas que no quadro geral era ainda uma coisa que funcionava pra empresa, pra minha carreira, pro futuro dos meus colegas. Apesar da moeção de carne e tals. Mas depois eu me dei conta que eu realmente eu não queria que aquelas pessoas viessem me convidar pra um café. Tipo nem fu. Eu não queria nem que elas viessem me dizer que tinham me achado legal. Isso me assustava pacas. Essa ideia. Me dava medo mesmo. Eu queria era sair dali, ganhar uns elogios e receber os elogios com um ar profissional, de quem tá acostumado. Cool. E não era afetação, isso. Era o que eu queria mesmo. E aí. Não. Pera. Me escuta. Porque aí eu vi que eu não queria que aquelas pessoas me achassem legal de verdade. O que eu queria era que, a cada momento daquelas palestras, eu pudesse estar com a impressão que eu tava reproduzindo os tiques e o estilo das pessoas que as pessoas acham legais. Deu pra entender? Eu queria era ficar com a impressão que eu estava fazendo tudo certo pra aquelas pessoas ficarem achando que eu era um cara legal. E isso era até mais seguro. Porque se fosse assim eles não tinham muita escolha mesmo. Eles só podiam não ter me achado legal se eles não fossem legais, ou não merecessem um cara legal, real. E aí viver só com essa certeza de estar só querendo simular querer provocar uma reação era uma certeza mais segura. Mas era mais egoísta. E o estranho era que era um egoísmo que, agora, não podia mais fazer mais parte do moedor de carne. Era um egoísmo só meu. E por isso devia ser bom. Porque o moedor não é bom. E eu sou... Mas que merda de situação podia ser, pra eu chegar a pensar que egoísmo de verdade agora era bom? Era de verdade? Bom... só porque era de verdade? Mesmo que fosse uma merda?

— ...

— Né? Não sei se eu dou conta.

Juvenal (in memoriam)

Nunca estendeu a mão pra ninguém na vida. E olha que era meu filho, pra eu te dizer uma coisa dessa. Mas nunca. Nunca ajudou ninguém, o filho de uma puta.

Nosferatu (2)

Este está dormindo.

Caiu no sono quase assim que encostou a orelha no travesseiro. Estava cansado. Ele anda cansado mesmo.

Deitado de lado, um braço sobre o corpo da mulher, ele no entanto não tem a aparência que aparentemente deveria aparentar. Se tudo está tão bem, se o dia foi tão bom, se está tão cansado e tão realizado que caiu imediatamente no sono, no sono dos justos, por que essa cara travada, seu Valter?

Mas deve ser só impressão. Muito pouca luz aqui no quarto. A cortina, apesar do que a mulher dele insiste em repetir, deixa entrar muito pouca luz.

Muito difícil ver no escuro. E está sempre escuro, senão por que é que a gente ia precisar de luz? Disse o sábio.

Ela dormiu também. E dormiu rápido, apesar da sua impressão de que nunca mais ia conseguir dormir, de que a noite ia ser longuíssima. Mas vai ser essa impressão que ela vai guardar. E seria essa impressão, de que foi de fato uma noite longuíssima em que mal conseguiu pegar no sono, que comunicaria a qualquer amiga amanhã, se fosse dessas de falar qualquer coisa com qualquer amiga.

Dormiu rápido. Dormiram os dois.

A cara travada dele, se é que tem uma cara travada ali, deve ser por coisas que ele nem sabe. Que lhe travam a cara.

Se é que travam.

Ela dorme o sono dos justos apesar de tudo. Três meses já com isso!

Já ele, vejamos... (E está lá, sim, a cara travada, olhando direito.)

Ele dorme o sono dos justos apesar de toda a satisfação, de toda a empolgação que a assinatura do contrato com os mineiros lhe tinha causado ainda naquela tarde, depois de todo aquele tempo pensando meio que só naquilo, a coitada da mulher dele nem devia mais aguentar ouvir ele só falar daquilo nos últimos três meses, ele estava uma pilha, mas agora não, depois que assinou foi só alegria, teve até festa no escritório, maior empolgação mesmo, bem que nem ele contou pra Lúcia quando chegou em casa, e ela nem deu muita bola, ele até pensou que era meio sacanagem dela esse negócio mas aí lembrou também que dava do mesmo jeito pra pensar que era sacanagem *dele* ficar esperando que ela estivesse com o mesmo tipo de satisfação que ele tinha, mesmo tendo ouvido ele ficar falando desse negócio tipo meses e meses a fio, ou talvez até por isso, sacanagem dele.

E mesmo assim ele dorme, dorme que nem um anjo com uma puta cara feia, um anjo feio, um anjo do escuro, porque a cortina aqui afinal deixa o quarto escurinho mesmo, dorme o sono dos anjos justos conquanto feiosos apesar de todos os sentimentos algo contrastantes que tem em relação ao Cléber, por achar que ele subiu rápido demais ali na firma depois de ter sido apresentado por ele (por *ele*!) ao pessoal da empresa, dois, três anos atrás, meio de favor em nome dos velhos tempos, da faculdade, apesar que fazia anos que ele nem tinha mais visto o Cléber, e que eles nem se falavam tanto assim lá na facul, o Cléber já era, se você parar pra pensar, o Cléber já meio que era um cara esquisitão, se você parar pra pensar, mas era competente, foi uma boa aquisição, todo mundo falou, e aí de repente ele era mais importante e mais boa-aquisição que todo mundo, e virou chefe da seção em coisa de meses, parecia meses, podia ser mais, mas parecia assim, em coisa de meses, em questão de meses, e claro que a firma andou bem, como ele mesmo dizia, o Cléber, andou, cresceu, contratou mais gente, se você parar pra pensar esse pessoalzinho novo, do Tiago pra frente, meio que devia o emprego a ele, afinal foi só por causa do crescimento que eles entraram, e o crescimento foi só por causa do Cléber, e o Cléber só foi por causa dele, só veio por causa dele, por indicação dele, dele que devia, pelas contas de todo mundo lá atrás, dele que devia ser chefe da seção a essa altura, tinha tempo já, que tinha tempo, que tinha bem mais tempo de empresa que todo mundo ali, que era da casa, que tinha crescido com a empresa, crescido pouco, é verdade, antes do Cléber, mas se até o Cléber era contribuição dele, ora, ele acabou foi perdendo o posto, perdendo a promoção pra um cara que só por ter sido contratado, por sugestão dele, contribuição dele, provava que ele era o cara certo pra tomar decisões ali, pra contratar pessoas, pra contribuir, se o Cléber era melhor que ele, tudo bem que ele não tinha mulher, não tinha esse negócio de horário de estar em casa, podia trabalhar de noite, aí grandes surpresas o cabra ser mais produtivo né, mas se o Cléber era melhor que ele, ainda mais com isso de ser solteiro, isso de ser solteiro era que era a diferença, o cara tinha tanto tempo de sobra, de noite, que acabava até conseguindo sempre esticar mais a ho-

35

ra do almoço, voltava às vezes quase no meio da tarde já nos últimos meses, bem durante essa coisa dos mineiros, e com a maior cara de *sastisfeito*, descansadão mesmo, porque ele dava conta do trabalho era tudo de noite, ele, mas se ele era melhor que ele, se o Cléber era melhor que ele, Valter, afinal, isso não era exatamente a prova de que era ele que devia ser o chefe, que ele era melhor que o Cléber?

Vida aos cacos

1. VISTO DA JANELA,

o contador aposentado Laércio Flores estava nu. Acreditava ser em tudo e por tudo mais prático tirar tudo do corpo, que já deixava dobrado e guardado no quarto, minguante, antes de se dirigir para o banho, só, com a toalha na mão.

(Era tudo. O que o contador aposentado Laércio Flores deixava em cima da cama dobrado. Não o corpo. Ainda não.)

O contador aposentado Laércio Flores tinha que atravessar somente o corredor da casa para chegar até o banheiro. Tomava sempre cuidado resguardado em passar rapidamente pela porta do quarto de guardados, que sua mulher deixava sempre aberta, diante da janela, que sua mulher deixava sempre escancarada. Dava trabalho, isso. Acrescentava um quê de aventura ao banho diário.

Quaaase diário.

Laércio Flores era um contador aposentado até que muito asseadinho.

Já a esposa do Flores achava tudo isso descrito acima mera e acabadamente nojento. Aquele panção cabeludo balançando pelo corredor. Ai, tem dó.

2. O PRIMEIRO A SER AVISADO

— Olha só.

— ...

— Eu sei.

— ...

— Mas, ó, não bastasse o atrapalho todo que já é aquele povo todo parado pra ver o que que tava acontecendo...

— ...

— Puta bando de inútil.

— ...

— Andando rindo e falando bobagem, meu. Tem o quê pra olhar aqui? Aí a estúpida me começa a dar instrução. Olhe e veja, meu amigo:

Os estudantes agora, gente, é a polícia que está pedindo e a gente não custa ajudar um pouquinho pra poder continuar com a manifestação, é isso aí, tá bonito, então, olha aqui, os estudantes, gente, que estão aqui com a gente na luta pelo passe livre, eles, é pra eles saírem aqui da marechal, é isso?, é isso, gente, e é pra eles virem aqui pro outro lado do carro aqui pra marechal, gente, é pra contornar aqui o carro de som e sair pra marechal, pra outra marechal aqui, agora os estudantes que são lá do estadual, e que vieram aqui se juntar com a gente só que na luta pelo horário da biblioteca do estadual, eles ficam aqui mesmo na marechal, e é pra eles seguirem aqui pela pista da esquerda, que é aqui onde tá o caminhão do som, valeu gente, que é pra não atrapalhar o trânsito que a polícia já tá dando uma mega mão, né, gente?, então, ó, o pessoal do passe livre, passa aqui para a marechal pra poder estar dando continuidade pra passeata e o resto fica aqui mesmo aqui no cantinho, certo, gente, aqui, na marechal...?

— ...

— E berra. Puta que pariu, a vaca não é capaz de saber o nome das ruas. Puta que pariu.

— ...

— Aí tocou o celular e era a minha mãe.

— ...

— Nem fodendo, cara.

— ...

— Não ia dar mesmo pra ouvir nada, com ela falando daquele jeito baixinho de psicopata de filme americano lá dela. Lembra o Murilo que dizia que dava pra ver as espirais nos olhos da velha?

— ...

— É.

— ...

— Ela que ligue lá pro primogênito se quiser alguma coisa.

— ...

— Foi.

— ...

— Três vezes seguidas.

— ...

— E eu só olhando pra telinha e ouvindo a mina das marechais.

— ...

— É.

— ...

— Aqui na esquina das marechais.

— ...

— Não. Não sei o que ela queria.

— ...

— Neguinho tem que saber os nomes e os caminhos se quiser dizer alguma coisa pra alguém. Que dirá pra explicar alguma coisa.

— ...

— Escuta só.

3. O RESTO ERA ROTINA

Passada a janela, o resto era rotina.

O banheiro em degradê marrom e bege mal era visto, coisa cotidiana.

Sozinho no banheiro. Bom. Não se preocupar com os barulhos. Borborigmos e, digamos, assovios. E catipluns. Há coisas que se devem passar somente entre um homem e seus pensamentos. Se bem que às vezes dava pra ler alguma coisa.

Daí direto pro box. Acreditava ser muito mais prático ligar o chuveiro antes mesmo de se dirigir ao quarto onde tirava a roupa. Era necessário só um pouco de cuidado com a manga. Assim ia esquentando. O chuveiro.

A mulher achava isso um desperdício. De gás.

O contador aposentado Laércio Paula Flores abriu com a mão direita a porta de vidro do box, com a esquerda sentiu a temperatura da água. Com uma habilidade indizível, de primata superior, por ordens de suas desenvolvidas cadeias de neurônios, elas trocaram então de posição (mão esquerda rumo à porta; mão direita na torneira de água fria) enquanto, simultaneamente, suas pernas passavam para dentro do box, por sobre um pequeno degrau, que ele nem mediu com os olhos!, seu corpo desviava do caminho da porta que se fechava (numa esquiva perfeita e suave) e seus olhos verificavam que, sim, havia ainda um resto de xampu! Trabalho de equipe.

Tudo junto. Todos juntos, todos em casa. Brilhante. Cotidiano.

4. SEM ENTENDER (*A TERCEIRA A SER AVISADA*)

Eu não sei por que que eles fazem isso. Mas fazem. Que ele fica ali me olhando e achando que eu não sei e ao mesmo tempo fica ali me olhando e parece que ele acha que eu sei um monte de coisa que eu não sei. Não sei. Ele é esquisito.

Eu sei que ele tá com dor. Mas não dor, dor mesmo. Dor daquela que a gente chora de triste. Tocou o telefone e ele atendeu e parecia que era a vó. Ele sempre fica com aquela cara quando é a vó. Mas eu gosto dela. Ela é legal. Pelo menos comigo.

Daí ele ficou triste triste triste, dor assim de chorar, que adulto também…

E eu disse o que que foi e ele, sabe, bichinho (que ele sempre me chama de bichinho e eu adoro quando ele me chama disso porque só ele que me chama assim, que nem eu chamar ele de papai que ninguém mais chama e ele gosta que eu sei que ele gosta porque é só ele também, e só eu)…

— Tem uma partinha na gente, de todo mundo que a gente gosta.

Isso eu consigo entender. Mas acho que ele pensa que não. É sempre assim.

Mas daí ele fica quieto, faz assim com os ombros e parece que já dava pra eu entender o que eu tinha que entender. E isso eu não entendo mais. Eu *não* entendo.

Mas eu sei que ele quer que eu faça que entendi. Eles vivem falando quando não querem falar, e daí querem acabar de uma vez.

Mas eu fico que me dá um desespero. O que que eu posso fazer, com um adulto desse tamanho chorando na minha frente que nem um nenê? É uma injustiça. É um desagordimento. Aí eu choro junto, né? Porque não dá. Né? Fica triste.

— E quando uma pessoa dessas fica doente, ou vai embora, a gente fica meio doente também. Porque perde aquele pedacinho.

E isso eu também... conseguia entender.

5. E SEM SEQUER IMAGINAR

Foi nesse momento que alguma coisa fez ploc, em algum ponto, de alguma parte do corpo do contador aposentado Laércio Flores. Ploc. E talvez puf.

Não há de fato muito que contar. Morreu. Ficou ali caído, imóvel, embaixo d'água. Morrido, mortinho da silva.

Doeu, doeu, doeu, na cabeça. Era ali o algum ponto. Um calor. E ele morreu ali morto.

Olha lá, estendido.

Aparente era só o sangramento na cabeça. Mas esse era acidente, na queda. O que sangrava afora não dizia nada, nada, nada da morte do contador aposentado Laércio Flores. Já dentro...

A queda.

Seus dias de personagem de sua própria história estavam contados.

Quase isso.

6. O QUE FOI QUE REALMENTE ACONTECEU;

— Não, eu liguei.

— ...

— Liguei, putcha la vida, Moema.

— ...

— Não. Agora eles já tão aqui, os cara da ambulância.

— ...

— Não sei.

— ...

— Não sei.

— ...

— Eu sei. Mas eu nem pensei nisso, caramba. Eu só pensei que não queria incomodar o Hélio, porque ele tava lá com a Betina e tudo, e eu fiquei ligando, ligando, eu devo ter ligado umas sete vezes pro Paulo e nada. Eu não sabia o que fazer aqui sozinha.

— ...

— Não! Sei!

— ...

— Não sabendo, porra! Escuta, Moema, ele teve um treco. Eu só escutei ele despencando no banheiro e fui lá ver ele caído, ai meu Deus, o que que vai ser de mim, agora que eu estou falando parece que eu estou vendo tudo de novo, que parecia que ele tinha batido a cabeça, mas ele não acordava, cê tá me entendendo, Moema, ele não acordava, e eu sacudi ele e fiquei toda molhada, e ele lá caído morto no chão. Mas ele não tava morto, cê me entende? Ele tava lá caído *que nem* morto.

43

7. MAS SERÁ QUE ALGUÉM É CAPAZ DE ME DIZER DE UMA VEZ POR TODAS O QUE FOI QUE REALMENTE ACONTECEU?

Parecia morrer. Mas ainda doía.

E pronto.

Era só.

NOTA:

(Betina é filha de Betina. Seus pais são divorciados. Já os de Betina só se separaram, nunca foram casados. Os pais de Betina também nunca gostaram do genro, sabiam desde o começo, eu não te disse? Betina não é casada. Nunca foi. Mas não está com ninguém. Não... Desde que se separou de Hélio. Hélio nunca foi casado. E está sozinho. Mas fica com Betina a cada quinze dias. Hélio tem dezenas de tias. As tias de Hélio têm idades que variam desde uma idade avozal plausível até poucos anos a mais que ele. As tias de Hélio são *todas*, todas imortais. Nem pedras nem paus. As tias de Hélio, pelo que nos interessa, são todas irmãs de Hiléia, com acento mesmo. Pai nativista, sabe? Sangue charrua. Hiléia é imortal. Já teve três tumores malignos [malignos, não: pérfidos], tem oitocentas e setenta e quatro doenças crônicas e agudas [simultânea e simultaneamente]. Na semana passada um caminhão que carregava postes de luz fez uma curva mais aberta e varreu a cabeça de Hiléia com o pé de um poste. [O foda foi que eu fiquei meia tonta e não consegui guardar o número da placa do filho de uma vaca.] Os maridos das charruas imortais vinham obedientemente morrendo na ordem que o senhor lhes concedera. Da filha mais velha para a mais nova. As menina. O contador aposentado Laércio Flores devia ter suspeitado.

Heroídes e Silvemar já eram história. Vão com Deus. Há também um tio. O coitado do Silvinho, que casou com aquela polaca malvada, que destorva a vida do menino. Um guri que prometia tanto. E Paulo é o irmão. Tem mulher e nove filhas. No Acre. Euterpe e suas irmãs.

No Acre?

No Acre...

Euterpe?)

8. ELE SABE (MAIS OU MENOS)

— Minha senhora, o que seu marido teve foi um derrame.

— Mas assim, sem nem dar aviso?

— É. Às vezes as coisas acontecem desse jeito mesmo.

— Sem mais nem menos.

— É. É um jeito de dizer. Se bem que pelo histórico que os seus filhos forneceram, ele tinha todo o perfil da vítima de derrame. Má alimentação. Vida sedentária... A faixa etária, né?

— Mas, meu filho, por favor. Se todo velho gordo e encostado for morrer de derrame não tem mais torneio de bocha nesse mundo, né?

— ...

— Tudo bem. Ele teve o tal do derrame. Mas e ele vai ficar como?

— Ainda é cedo pra gente saber, dona... Hiléia. Pode haver todo tipo de complicação. Mas a recuperação é simplesmente imprevisível. O cérebro ainda é um órgão muito misterioso. A gente não entende direito o que vai pela cabeça do seu marido, ou de ninguém. Ou de qualquer alguém. Enfim. A senhora me entendeu.

9. OS DOIS

Tudo meio zunido.

Não.

Não é isso. Tudo muito zoado. Tudo muito esquisito. Esquisitado. Um gosto horrível na boca.

Tudo muito ruim. Tudo muito ruim.

E essa luz. Essa luz desgraçada. É da luz, o gosto. Gosto de sódio. De luz de sódio acho. Nunca tinha reparado.

E dói. Meu jesusinho amado mas como dói. Dói tudo, virgem. Putz. A cabeça parece que vai explodir. Parece que já explodiu mesmo.

E o cheiro é da luz também. Cheiro do gosto da luz de sódio da dor de cabeça.

Tudo muito lerdo. Tudo muito ralo.

Mas é um hospital.

Isso aqui é um hospital.

Eu tava no banho. Banheiro zunido normal. Quente. Um calorzinho bom. Um calor na cabeça, por tudo. Tomar banho é bom. Esquenta.

Aqui tá frio. Mas ao mesmo tempo tá grudento.

O calor foi embora e só ficou a dor.

Aqui no hospital. Porque isso aqui é um hospital.

E caralho me deixaram sozinho aqui. Cadê aqueles puto? Cadê a Hiléia?

Sozinho aqui fudido com essa luz com gosto de cheiro que não me deixa pensar zunido. Zunindo. Isso.

Dói tentar virar o pescoço. Dói e range.

Oi.

Mas eu não tou sozinho não.

Só pode. Só pode ser. Só pode ser o anjinho.

Mas por que que me foram deixar ela aqui sozinha cuidando (cuidando!) de um velho com cheiro de gosto de sódio? Onde já se viu.

Mas é ela.

46

É a Betina me olhando com cara de quem acha que não tá entendendo nada.

Mas tá, sim, viu, Tina.

A gente fica velho e entende que já entendia, só era que não entendia que entendia ainda.

Por isso que eu sei, anjinho. Porque você tá aqui.

Só existe anjo aqui.

Por isso que eu sei que eu não morri.

10. NOSTOS

— Foi.

— ...

— Ligaram tem coisa de meia hora.

— ...

— A gente arrumou tudo já. A cama de hospital e tudo.

— ...

— Foi. Mas ela só vem a partir de amanhã.

— ...

— Lá no hospital mesmo, que indicaram.

— ...

— Uma puta grana. Mas os menino que vão pagar.

— ...

— Tá. Diz que tá. Eu que não sei. O Hélio diz que ele ainda tá em choque, medicado, parece...

— ...

— A Betina. A Betina que diz que ouviu ele falar. Mas só ela. E criança, né? Sabe como é. Com a gente ele só mexe ozolhinho.

— ...

— É. E aquele braço.

47

— ...

— A enfermeira diz que nos últimos dias o braço melhorou bem. Ela diz que está bem fortinho.

— ...

— É.

— ...

— Mas ele que me venha com essas que eu já lhe amarro esse bracinho na cama!

11. TODOS SÃO MAIS QUE BEM-VINDOS
À CELEBRAÇÃO DOS BRAVOS

O contador aposentado Laércio Paula Flores viveu anos entre grades, numa cama improvisada de hospital, sem sol, com escamas nos olhos. Sujo. Dolorido, desorientado, cada vez menos centrado, cada vez menos ele. Cada vez menos. Por anos a fio.

Betina tem hoje quarenta e sete anos. Seu avô morreu há mais de trinta.

Ela já entendeu tudo que aconteceu. Betina é médica e tratou também do tio depois do seu acidente.

Betina hoje tem quarenta e sete anos e ainda não entendeu nada.

Mas ela tenta. Como você. E aceita.

Hiléia vai bem. Obrigada.

Investigações filosóficas (1)

"Pode ser que eu possa imaginar (ainda que não seja fácil) que cada pessoa que vejo na rua está vivendo com alguma dor pavorosa, mas ocultando essa dor de maneira ardilosa. E é importante o fato de eu ter que imaginar uma ocultação *ardilosa*. Pois isso supõe que eu aceite que a dor, via de regra, tem uma manifestação corpórea, visível. E se eu imagino uma coisa dessas? Pode ser que então eu olhe alguém e pense: *Deve ser difícil rir quando se tem tanta dor*. Eu, por assim dizer, represento um papel, ajo como se os outros sentissem dor. Quando faço isso dizem, por exemplo, que estou imaginando…"

O grande escritor

estripado de Um Grande Escritor

O grande escritor havia já semeado sobre o mundo bela meia dúzia de grandes livros. Deveria ser tido como responsável por nada mais que boa, muito boa meia dúzia de grandes livros.

Repetir antes das refeições.

Contudo o grande escritor tinha entre seus feitos amealhado belo milhar de fãs. Admiradores. Responsabilidades?

Ele muito possivelmente não sabia disso com qualquer grau de precisão. E muito provavelmente (o grande escritor era de natureza particularmente reclusa, especialmente em tempos de quase patológica exposição midiática, nem tinha seu próprio *website*, não dava muitas entrevistas: quando casou, a notícia levou meses para surgir na *internet*, onde seus não poucos fãs não desistiam de buscar notícias suas.

Talvez esses itálicos sejam desnecessários.

O grande escritor, afinal, sublime manejador de itálicos e outras convenções gráficas, parecia ainda acreditar que podia levar uma vida algo independente da mídia e do milhar de admiradores que seu trabalho sempre incansável, brilhante e original com a palavra escrita [e com as almas humanas que manipulava como compositor e como regente de seres fictos] lhe havia amealhado) pouco se importava com essa ou qualquer outra quantificação. Distinção.

Era talvez por isso mesmo que havia conseguido se tornar um grande escritor e, mais especificamente, o grande escritor que se havia tornado.

Cerca de cinco anos antes do momento em que se passa a angústia, esta angústia, o grande escritor havia aceitado participar de um programa de *resident writers* numa grande universidade norte-americana. Como parte de seu contrato, para além de um período de efetiva residência no *campus* da dita universidade norte-americana, período esse entremeado por seminários e palestras diversos de diversa natureza, havia a obrigatoriedade, transcorridos os xis meses dessa estada, de o grande escritor participar de um grande evento coletivo (junto de outro escritor, significativamente menos "grande" que o grande escritor, como escritor, apesar de em tudo e por tudo equiparável a ele como ser humano que percorre o mesmo vale de lágrimas. *Realçar.*) em que seria entrevistado por um dos professores daquela grande universidade norte-americana antes de terminar a noite com a leitura de alguns fragmentos (de qualquer natureza: muitos ou um, com a duração desejada de cerca de trinta minutos em leitura pausada, *convinhável* a situação *somilhante*) da literatura que lhe as musas houvessem outorgado compor durante os xis meses em que fora alimentado pelos milionários que doavam suas fortunas à grande universidade norte-americana e pagavam ainda *tuitions* extorsivas para nela verem seus filhos, futuros presidentes, ceos e, por que não, "relativamente grandes" escritores, sendo que a referida universidade contava, como de regra, com um programa de *creative writing*, e previa na verdade sondar o grande escritor (ainda jovem e vinculado de forma algo insatisfatória a uma não-tão-grande universidade norte-americana) a respeito da possibilidade de vir ele a ocupar a recém--criada cátedra W. R. Disney de redação criativa naquela instituição. (Esses filhos, futuros CEOS com desenvolvida consciência humanístico-literária, também tenderiam a doar parte significativa de suas futuras fortunas a sua *alma mater*. Mamata. Era a ideia.)

Naquela situação, da supracitada leitura pública, o grande escritor, quase proverbialmente tímido, se saiu com galhardia (virou folclore entre os alunos da universidade, e posteriormente, quando a transcrição do evento vazou para a internet, *já sem itálico*, entre leitores *urbi et orbe*, aqui vale, o momento em que declarou que, apesar de saber que a etiqueta que rege esse tipo de eventos pedia que ele periodicamente erguesse os olhos da folha de papel para dirigir ligeiros olhares a seu público enquanto lia os fragmentos — numa demonstração que reconhecia servir como manifestação fática e, simultaneamente, ter certa função solidária, por minimizar, diríamos nós, o *anatopismo* que é a leitura em voz alta de literatura romanesca concebida original e finalmente para leitura silenciosa — era incapaz de fazê-lo [levantar os olhos da folha para etc.] sem perder irremediavelmente sua localização no texto que lia e que, assim, ver-se-ia obrigado a fechar os olhos [metáfora] para essa constrição sem que, no entanto, deixasse de estar [*verbatim*] agudamente consciente da presença de seu público [Risos]) e criatividade.

Neste momento, no momento desta angústia, transcorridos cerca de cinco anos daquela leitura, alguns dos fragmentos e mesmo um conto completo lido naquele momento já haviam sido encontrados em livros efetivamente publicados pelo grande escritor.

Mas não todos.

Dois deles mantinham-se inéditos.

Tratavam ambos de meninos. Homens. Homens que ainda não eram. Meninos em algo que o leitor (leitor das obras do grande escritor, nesse momento ouvinte, no entanto — nesse e em muitos outros subsequentes [momentos], pois que retornava incessantemente aos arquivos na internet que registravam a leitura daqueles *fragmentos*) convencionou definir como *ritos de passagem*, momentos de transição. Momentos de formação.

Ele. É que convencionou. *Frisar*. Por sua única conta e único seu risco; não pequeno, ver-se-á.

O primeiro deles (menino, não fragmento) era menos interessante. Aliás, era precisamente sua natureza não interessante o assunto do *fragmento* (e o itálico se revestia cada vez de muitos e mais significados muito e mais profundos e diversificados para o *leitor*). Ponto.

Era um menino basicamente perfeito, num momento perfeito. Ele montava sua festa de aniversário e, nela, propiciava ao narrador todas as oportunidades de iconizar num momento-chave (a festa de aniversário = o rito de passagem) as características que enformavam sua perfeição. Não queria presentes. Pedia que as pessoas enviassem, em vez disso, pequenas somas de dinheiro (que não fossem lhes fazer falta, especificava) para instituições de caridade (afinal de contas, havia tantas pessoas que tinham necessidades tão mais sérias que as suas [dele, menino em questão {Isso era óbvio, já}]...).

E eram comentários de teor semelhante aos que estão aqui entre colchetes que, mais que os fatos em si, representavam a irritante perfeição do menino, nítido símbolo de toda uma classe *culpística* da sociedade norte-americana. *O grande escritor era norte-americano.* Sua festa seria toda servida em material descartável, reciclável... assim por diante.

Ninguém comparece.

Ninguém suporta a perfeição absoluta do menino que, conquanto expressa de forma a eriçar os pelos de qualquer leitor minimamente sensível a lugares-comuns de caridade e boas intenções das classes elevadas, não deixava, por um minuto sequer, de representar de fato fatos e informações inquestionavelmente *bons*. (Da necessidade de aprender a necessidade de italicizar o adjetivo *bom*. O rito de passagem.)

O segundo era muito mais inventivo, e também desenvolvido mais longamente.

Tratava de um menino, bem mais novo que o anterior, talvez com cerca de oito anos de idade, que se dedicava, de início levianamente, depois com uma tenacidade insana que o isolava de todo o resto do são convívio social e o levava a se enfiar em leituras e estudos médicos e anatômicos (o que propicia também ao narrador largo campo para verdadeiras incursões *ensaísticas* em torno das mesmas questões, potencializando assim a aparente trivialidade da situação do menino, discutida em termos médicos frios e apenas mensurada em seu todo impacto emocional e humano pela figura do pai que, imóvel, se colocava contra a porta do quarto do filho e, mudo, ficava ali sem entrar, sem bater, preso ele a sua angústia, incapaz de tocar a de seu filho), à tarefa autoproposta de tentar tocar com os lábios (e a recusa do narrador em usar o verbo *beijar* mais uma vez demonstrava o ângulo e a distância que tinha se proposto) todas as partes do corpo. Seu corpo. Ele se dedicava a.

E anotava num caderno todas as partes que já tinha tocado. E pelas quais imediatamente perdia interesse.

Tocado o períneo, era partir para a parte de dentro do joelho. Sublinhar a *frieza*.

O menino, em sua monomania, se lesionava. O menino se deformava e seus professores começavam a reclamar de seus lábios (artificiosamente distendidos por séries de exercícios específicos) que lhe davam um ar vagamente sorridente: vaga mas concreta e incomodamente lúbrico.

O menino parecia perdido.

E acima de todo o processo restava a sombra da expectativa dos locais (sua nuca, o espaço entre os ombros, nas costas…) que jamais poderia tocar. Ritos de passagem, mesmo assim. Inda que *frustres*.

Passados os anos todos, os tais cinco, de então (hoje mais distantes… perdidos) o leitor passou a se conformar com a ideia de que o grande escritor apenas poderia estar preparando um imenso romance mosaico (*imenso*, devido à conhecida prolixidade do grande escritor) a respeito dos momentos singelamente terríveis e horrendamente cotidianos que regem a criação de homens, a cada dia, em cada canto daquela América.

Baseado em nada mais que sua expectativa. Mesmo. O *leitor*.

Nem mesmo boatos na internet (e as comunidades dedicadas a discutir a obra e a vida do grande escritor pululavam por todos os cantos da rede) vinham acudi-lo em suas suspeitas. Sozinho. Trancado em seu apartamento, dedicado à tarefa de reler ciclicamente toda a produção do grande escritor enquanto mineirava a *web* em busca de confirmação, em busca de certeza, ele desenvolveu todo o arcabouço do novo romance, que seguiu adaptando à medida que o grande escritor publicava novos livros de contos (mas ainda não um terceiro romance, ainda não o romance que seria o *ápice definitivo* de sua carreira) que revelavam clarissimamente *evoluções*, mudanças, correções de *trajetória*. Precisava *adequar* o novo romance do grande escritor, afinal, ao que de fato o grande escritor *parecia* estar se tornando.

E o novo livro ia se formando mais e *melhor*. Muito. Muito melhor...

A *grande* obra de um grande escritor. Definitivamente *definitiva*. E o grande leitor, sentado na cama, sorria ele também de forma algo preocupante (algo *lúbrica*?) ao vislumbrar a *perfeição* do romance que apenas o grande escritor poderia escrever. *Ele*. *Ele* era incapaz. Ele não *era* grande. Nem era *escritor*. Em seus momentos mais *desesperados* temia que *nem mesmo* o escritor fosse grande à altura da grandeza *daquele* romance inexistente. Mas ele *estava* escrevendo...?

E tudo que o leitor mais temia agora era o lançamento de um *novo grande romance* do grande escritor, que *jamais poderia igualar* o *seu* romance do grande escritor. E que poderia mesmo representar o *definitivo engavetamento daqueles fragmentos* (experiências vãs, teria pensado ele, que não valem mais o papel em que seriam impressas neste ponto da minha carreira... *quase me arrependo de ter escrito*, ui que nojo) e da ideia de que eles poderiam ter sido importantes a ponto de justificar dez, mais, anos de maturação e desenvolvimento.

Escritores são vis.

Seria traído de maneira indizível.

Bienal (S. Med. pat. req.) 5

Foto.

Impressão de grande dimensão.

O ponto de vista é o de um passageiro sentado num banco de metrô, do tipo que o coloca olhando de frente para os passageiros sentados no outro lado do vagão. Pela sinalização interna e pelo esquema de cores pode-se perceber que se trata do *tube* londrino.

(Provavelmente será melhor empregar várias fotos compostas para gerar o plano com as dimensões aqui pretendidas, já que a distorção de uma grande-angular não é, definitivamente, desejada.)

O ideal seria que se vissem enquadradas ao menos cinco cadeiras colaterais.

A do meio estaria vazia. Na parede dos fundos, a parede interna do túnel do metrô, lê-se um nome de estação: *Cannon Street*.

Os ocupantes das cadeiras 1 e 5, por assim dizer, mostram-se total e normalmente compenetrados em suas atividades:

celulares, livros etc. O mesmo se pode dizer, ou presumir, de todos os ocupantes do vagão que, estando de pé, estejam total ou parcialmente incluídos no quadro.

O ocupante da cadeira 4, necessariamente um homem, necessariamente branco, necessariamente bem-vestido, dá ostensivamente as costas à cadeira 3, da maneira que lhe seja possível no espaço apertado do vagão. Percebe-se, no entanto, uma grande tensão, misto de dor e expectativa, no lado direito do seu rosto, o único que se pode ver do PDV da imagem.

A ocupante da cadeira 2, necessariamente mulher, necessariamente negra, necessariamente malvestida e cumulada de pacotes, sacolas e camadas e camadas de roupa, olha com uma expressão de horror para aquela mesma cadeira 3, ao mesmo tempo que tenta proteger o rosto com as mãos, como se algo estivesse voando em fragmentos lançados daquela cadeira com grande velocidade.

Ela quer ver.

Ela está chocada com o que vê.

Ao mesmo tempo quer se esconder.

A cadeira número 3 está vazia, ostentando apenas as marcas de seu uso repetido, no estofamento de assento e encosto, que exibe, inexplicável e inexplicadamente, uma pequena bandeira costurada ao estofamento com pontos negros, cirúrgicos, que sangram.

O título da obra é *J.C.*

Cena 1

Ele que foi embora.

Não importa o que ela diga. O que possa dizer depois. Foi ele quem foi embora de casa. Assim. Foi mesmo. Embora. Bem embora. *Muito* embora.

Ele que saiu, fechou a porra da porta, bem quietinho, que era pra não acordar o cachorro. Porque aí tudo virava era uma festa. E de resmungo só, nhenhenhém, que porra, que me acordou, e coisa...

Mas ele foi quem saiu sem explicação. Sem dar direito a pensar.

Maior golpe no coração dela. Vaca.

Absolutamente inesperado, ninguém consegue ter ideia do que anda pela cabeça de um sujeito caladão. Dos anos de banho-maria, de fervura a frio, de pensar sem pensar até que não pudesse mais evitar, até que fosse hora de parar. E era. E foi.

E foi embora. Ele.

Como é que pode?

E isso assim, sem mais nem meio mais, sem mais nem

porquê, assim sem mais nem menos. Porque ela não podia saber o que andava pela cabeça dele em vinte anos. Mas ela achava que sim, que tudo, tudo via, tudo sabia, com a porra da tal da sensibilidade... feminina.

Agora, ali, a casa morta, vazia. Três dias. O mais que a gente ficou sem se ver em vinte anos.

Juvenal (in memoriam)

Tinha uma coisa, sim. Que eu não via nos outros ali dentro. Tinha uma dessas coisas estranhas. Não sei se era disso que ela estava falando. Só que pra mim a coisa estranha era aquilo de as pessoas ouvirem ele falar.

Ouvirem mesmo.

E ele nem falava alto. E não passava por cima de ninguém nem nada. Meio pelo contrário até.

Mas, assim, até em grupo, até em reunião. Acho que principalmente em reunião, quando está todo mundo querendo falar, e bater boca e tal.

Tem gente que é assim.

Quer dizer, acho que tem.

Porque no fundo agora que eu parei pra pensar acho que eu só conheci ele que era assim. Mas era. Ele falava e todo mundo ouvia. Prestava atenção, parava de falar.

Mesmo que fosse no meio de um bate-boca, geral.

Sincero

Podiam ter matado o menino.

Puta que o pariu.

Ele ainda não conseguia acreditar. Pai, deram uma facada no Dario. Plena luz do dia, perto da escola, do lado do shopping. Ontem.

Ele não lembrava direito desse Dario. Nem precisava. Terceiro ano, que nem a Lu. Vestibular. Como é que ia ser agora o ano desse menino? Ele conhecia. Lembrava bem. O que que ele ia fazer agora?

A Lu depois falou que tinha perfurado o pulmão. Dreno. Curativo. Recuperação. Físio respiratória. Cirurgia. Necrose. Tempo. Ele sabia. Lembrava bem. Às vezes pessoas pequenas cometem uns erros enormes.

Ontem, parece que foi.

O que ele ainda não sabia é que a entrada da faca tinha sido praticamente no meio do peito do guri. Podiam ter matado. Quiseram ter matado. Porque... porque parece (ninguém sabia bem: o outro que estava junto estava travado até agora, em choque, diziam) parece que o tal do Dario tinha sete reais no bolso. Só. E foi pouco. E um celular mequetrefe.

*O cara ficou com raiva. Deu um empurrão no outro, o do choque,
e meteu uma facada no peito do Dario. Podia ter matado. Queria ter
matado. Puta que o pariu.*

Dezesseis...

— Ô, tio, que horas são, aí?

— Como é que é?

— Como é que é o quê, tio? Que hora que é aí?

Ele não estava acreditando.

Não podia ser. Justo hoje.

Era a quadra mais escura de um caminho de três quadras.
De três quadras. Dez e meia da noite. Ninguém por perto.
Hoje. Agora.

— Sem relógio aqui, rapaz.

Já fazendo que ia e já olhando em volta.

Por que que ele tinha que ter parado? Era passar direto e
apressar o passo. Não dava pra acreditar. Justo agora. Tinha
ficado meio perdido repassando a história do Dario.

Mas o guri meteu-lhe a mão no peito.

— Sem relógio o caralho, meu. Pode passar aí essa merda
desse celular. Rodou, tio.

Ele travado.

O guri puxando uma coisa do cós da calça. Irritado com a
demora.

— E anda duma vez que eu te furo, fi-

Não terminou a frase. Fiadaputa.

Acabou. Rodou. Se fodeu.

Ele deu um tranco no menino. Deu um tranco no pivete
que imediatamente se recuperou e pôs a perna esquerda à
frente já erguendo a faca. Ou um caco. Queria muito dizer que

a luz de um poste neste momento refletiu na lâmina. Ou no vidro. Mas não. Nada ali estava na luz.

Ele nunca vai saber nem como nem muito menos por quê. De onde. Mas alguma coisa nele achou aquela perna comprida e fina calcada na calçada na descida apoiando a mola da volta do guri desequilibrado e viu um alvo. E ele ergueu a perna direita e desceu a sola do sapato no joelho do menino. Desequilibrado. O peso do corpo todo, todo naquela perna.

O peso de um corpo sobre um joelho mirrado.

A sola era fina.

Pôde sentir as coisas que se rompiam sob a pele. Ligamentos, tendões, músculos. Coisas, naquela hora.

Na rua quieta, na rua escura escutou um ou até mais de um estalo enquanto a sola do pé tateava fraturas, fragmentos de explosões. Reconhecia cacos deslocados. Gradualmente. Centímetro a centímetro. Com toda a força.

Ele não via nada.

Só sentiu subir uma náusea absurda enquanto aquela perna virava toda ao contrário, a faca se perdia, os olhos do menino rolavam pra trás e a boca travava aberta com um grito que, se houve, também ninguém ouviu.

O pé acompanhou a ida do joelho invertido até o chão. Pousando sobre alguma coisa frouxa, estilhaçada, que não era mais de gente. Na calçada.

Parece que tivessem decidido que a rua deveria estar completamente vazia. Nenhum som. Nenhum carro, embora as duas transversais rugissem vez por outra com o trânsito de sempre. Ali, entre duas linhas de ruídos e de luzes, entre várias filas de janelas e de luzes, ali na calçada entre a fileira de árvores mais baixas que os postes e os muros eletrificados das casas em choque, nada. Ali, nada. Nem ninguém.

Rua Genovese.

E ele caiu no escuro.

Caiu na calçada. De joelhos. De joelhos do lado do menino travado.

Ele nunca vai saber direito como, nem por quê. De onde. Devia ser por causa da Lu. Desfigurado ali, transfigurado. Cara empapada de choro, grito travado esparramado na calçada, ele socava com as duas mãos o peito estreito, o peito ralo do assaltante. Socava o meio do peito do assaltante. Com as duas mãos juntas. Do assaltante com as duas mãos no joelho e a boca virada num buraco mudo escancarado.

— O que que ele vai fazer agora? O que que ele vai fazer agora, seu merda?

Socava inerte o corpo inerte do assaltante que tinha a perna esquerda virada num ângulo absurdo, o rosto congelado, os olhos só brancos e tremia. Parecia tremer com a mão agora estendida nas pedras num gesto de quem quer achar a faca que perdeu. Ou um caco. De quem quer achar alguma coisa. Que perdeu.

O que que ele vai fazer agora?

Puta que o pariu, o que que ele vai fazer agora da vida…

Pentimenti

Toda a louça da casa era branca.

Quando casaram, eles ganharam (não de uma, mas de três tias diferentes) alguns conjuntos de louça colorida, estilosa, enfeitada. Deu lá seu trabalho, mas conseguiram trocar alguma coisa nas lojas, e outras eles simplesmente enfiaram no fundo de um armário, branco, que afinal tinha bastante espaço mesmo. Vai que uma das tias, um dia, resolve aparecer?

Com as trocas e uma ou outra compra suplementar, ficaram com uma casa que tinha apenas louça branca, com o mínimo possível de ornamentação. Elegante.

Pratos, pires, potinhos. Tudo branco.

Ele no fundo nem teria se incomodado. A mãe dele, afinal, ainda tinha um conjunto de pratos duralex, de vidro transparente da cor meio que de uma garrafa de cerveja. Era até por isso que ele sabia que quem entendia de elegância ali era ela. E por isso é que acabou sendo tudo branco. Como ela queria.

Ele, no fundo, nem teria se incomodado.

Copos, só transparentes. Talheres, só metal (nada de cabos

66

de madeira, muito menos de plástico). Louça toda branca. A não ser aquelas peças feiosas entulhadas no fundo do armário branco. Mas isso ninguém via, isso não existia. E eles, uma hora, iam dar algum jeito.

Tudo começou quando eles compraram uma máquina de café.

Pra começo de conversa porque a máquina era preta, meio trambolhenta, e nem a pau que eles iam guardar no armário e tirar cada vez que fossem usar. Aquela coisona destoante ia ter que ficar à vista, ainda que pudesse ser ali meio embaixo daquela prateleira, que dava assim uma escurecida e conseguia esconder um pouco aquela perturbação.

Um pouco porque o modelo transparente das xicrinhas que a loja tinha pra vender era caro demais, ou parecia caro demais (ah, se eles soubessem...), um pouco porque eles meio que decidiram entrar num clima mais "divertido" com essa ideia de fazer *espresso* em casa, acabaram optando por umas xícaras pequenas, do tamanho exato: coloridas.

A essas alturas estavam casados tinha quase dez anos.

Brancas? Sim, eram brancas, mas só por dentro. Coloridas por fora. E cada uma de uma cor diferente. Laranja, amarelo, verde, azul-escuro e claro, preto.

Eram baratinhas. E tinham lá sua graça.

Eram divertidas, ao contrário da louça colorida, pesada, velha que, aliás, ainda estava no fundo do armário branco, cada vez mais entupido de coisas que com o passar do tempo também receberam essa sentença de ora-não-irritarás. Bem lá no fundo.

Uns meses depois, quebradas algumas das canecas de chá que eles vinham usando havia anos, passaram por uma outra loja num outro shopping e viram que agora eles vendiam versões maiores das mesmíssimas xícaras multicoloridas que estavam em uso em casa pro cafezinho de toda manhã. Em outro impulso, compraram seis e renovaram todo o arsenal das canecas da casa.

Agora, além da louça branca, que continuava lá e continuava em uso, tinham seis xicrinhas pequenas, de seis cores diferentes, e seis grandes, canecas, que faziam cada uma par com uma das menores. Variedade, sim; caos, ainda não. As mesmas cores, o mesmo branco por dentro. E talvez seja hora de lembrar que as xícaras pequenas também eram "canecas", ao menos no que se refere ao formato. Elas também não tinham asa: era parte do que as deixava *modernas*, divertidas.

O desenho de todas era exatamente o mesmo. Variava só o ponto.

E as cores...

Durante esses anos todos era ele quem lavava a louça de manhã cedo, antes de sair pro trabalho. Era parte daquelas rotinas que fazem a felicidade de qualquer casal, parte das coisas que mantinham um significado só deles, significado (e a relevância desse significado) que nem eles mesmos discutiam. Sem contar que, como de fato ela cuidava da maior parte das coisas da casa, tratar da cozinha e do café da manhã dela era algo que o deixava vagamente satisfeito. Não que ele mencionasse isso nesses termos. Nem ela. Mas ele achava que sabia que ela sabia que ele achava isso... dela.

E ele achava importante. Achava que importava.

Ela acordava mais tarde e tomava café sozinha, porque a essas alturas ele já tinha que ter saído de casa, e ele achava bonito deixar a cozinha toda limpinha com as coisas do café dela já arrumadas em cima da mesa, na melhor disposição pra ela não ter nem que se esticar pra pegar cada uma, e cada coisa disposta, em relação ao prato dela, na ordem em que ele previa que elas seriam consumidas.

Ele arrumava a mesa todo dia exatamente do mesmo jeito, com as mesmas coisas na mesma posição. A manteiga, por exemplo, mais perto da mão porque primeiro ela comia uma fatia com manteiga, depois com geleia.

(Ela na verdade passava primeiro a geleia na segunda fatia, e gostava de deixar a geleia ir como que entrando, molhando o miolo do pão enquanto comia a primeira. Mas ele não sabia disso. Eles nunca tomavam o café juntos.)

Ela era designer.

Ele trabalhava no escritório de uma empresa de logística.

Ela nunca entendeu exatamente o que ele fazia naquele escritório. E ele nunca fez muita questão de se estender a respeito. Não era interessante mesmo. Era um trabalho chato e desprovido de qualquer criatividade.

De início, no tempo das xicrinhas pequenas, coloridas, a rotina dele com a louça de manhã continuou basicamente a mesma.

Fazer o seu café, comer a sua fatia de pão. Limpar a mesa, arrumar pra ela (porque o café dela era bem mais complexo. O trabalho dela, em casa, era mais puxado... o dia inteiro na frente do computador lidando com pantones e detalhes. Ela precisava comer melhor pra dar conta). Depois ele lavava a sua louça (Uma caneca: só. E uma faca.) e a que tivesse ficado da janta do dia anterior.

Eles normalmente deixavam a louça do jantar de ontem para o café de amanhã. Aí tinham mais tempo de ver televisão juntinhos. Ou trabalhar mais, se ela precisasse, se tivesse alguma agenda fechada pra cumprir. Nesse caso, nesse último, ele ficava sentado perto dela, no quarto em que ela trabalhava (a "caverna", como ele dizia), lendo lá alguma coisa. História da Segunda Guerra, romances policiais.

Nessas circunstâncias, nesses casos, ele *nunca* ia lavar a louça da janta.

O ritual se mantinha matutino.

Mas logo no primeiro dia depois da chegada das canecas coloridas, maiores, ali lavando a louça de manhã cedo, ele viu que alguma coisa tinha mudado. Ah, se ela soubesse.

O método-padrão era (sempre foi):

ele primeiro ensaboava toda a louça que estivesse ali (eles raramente jantaaaavam, normalmente era mais um café mesmo, coisa simples), colocando as coisas nos mesmos lugares sobre a pia. Talheres entre ele e a cuba, pratos e pires empilhados à esquerda, xícaras, copos, canecas à direita.

(Talvez até o primeiro indício tenha surgido nessa hora, ainda quando estava ensaboando, porque ele começou a colocar sempre as xicrinhas dentro das xicronas, ali à direita, mesmo que desse certo trabalho tirar elas dali, ensaboadas.)

Depois era enxaguar. Pra não manter a torneira aberta o tempo todo.

Enxaguava tudo também mais ou menos na mesma ordem, a inversa.

E aí deixar no escorredor. Tempos simples.

Na hora de colocar a louça no escorredor de dois andares (pratos e pratinhos acima, alinhados desde a esquerda, do maior para o menor, pulando o primeiro ponto de encaixe, porque se pusesse um prato ali ele ficava inclinado num grau diferente dos outros: por causa da barrinha da estrutura do negócio, sabe?) ele, naquele primeiro dia depois do advento das xicronas (talheres transversalmente alinhados, andar de baixo, logo na frente: iam ter que ser enxugados [enxutos, como a sua mãe dizia] pra evitar que manchassem), foi dispondo copos e canecas nos espaços restantes e, de repente (enxaguar a pia e secar direitinho com o pano), percebeu que aquilo não estava legal.

Aquilo ali não estava legal.

Ele nem ficou pensando muito tempo. Simplesmente, como por reflexo, enquanto com a mão direita colocava o pano da pia (essas coisas meio modernosas, grossas, que nem bem merecem o nome de "pano") em formato de U invertido entre o porta-esponja e a parede, pra ir secando, com a esquerda ele redistribuiu as canecas e as xicrinhas segundo um esquema cromático que, naquele momento, nem entendeu.

Só ficou mais bonito.

(Pra ela? Não sei. Mas ele gostou.)

Só ficou mais bonito assim.

É que pra sorte dele (sorte?) naquele dia o que estava no escorredor, além da louça branca e dos copos transparentes e talheres, eram duas xicrinhas, uma azul e uma laranja, e duas xicronas, uma laranja e uma azul (eles tinham sem querer começado a dar preferência a essas xícaras, tanto grandes quanto pequenas: azul pra ele, laranja pra ela). Pôs as quatro no andar de baixo, primeiro as maiores e depois as menores, azul-laranja-azul-laranja.

Mas imediatamente desgostou. Era óbvio demais. Tentou paralelos, azul-azul e laranja-laranja. Trocou os tamanhos. Grandes-pequenas… Não. Pequenas-grandes… Não também. As duas pequenas no meio, azul-laranja-azul-laranja.

Isso.

Foi assim que ficou bonito aquele dia.

Depois de escovar os dentes, passando de novo pela cozinha rumo à porta, dando uma espiada no escorredor lhe ocorreu que, viradas pra escorrer, as xícaras não mostravam a parte branca interna.

Foi até a pia, pegou a azul pequena, terceira da fileira, e virou de lado, com a boca para a frente. Claro que assim não escorria direito, mas ele deu uma sacudida geral na água e achou que não ia fazer mal. Não demais.

Se afastou uns passos, olhou da porta…

O.k., achou bonito. Mas de alguma maneira soube que não era algo que iria repetir.

O dia seguinte trouxe complicações. Havia três cores diferentes nas quatro xícaras da pia. A azul pequenininha tinha sido substituída por uma amarela. Distração. No fundo o negócio é que ela não dava tanta bola quanto ele pra regularidade na escolha das cores das xícaras. Na hora de usar.

No fundo, no duro, ela meio que pegava qualquer uma.

Ele passou bem cinco minutos determinando como criar uma curiosa simetria assimétrica que o satisfizesse, pra dar conta daquela intrusão. E de novo antes de sair pro trabalho passou de novo pela pia e moveu uma das xícaras pro nível superior do escorredor. E pro outro lado. Mais pro cantinho... Assim.

Como é que ontem ele não tinha pensado que distribuir as xícaras pelos dois níveis podia gerar padrões mais interessantes?

Era ela, afinal, a pessoa de criatividade na casa.

No dia seguinte, antes de preparar o café da manhã dela, ele se deu ao trabalho de conferir qual o esquema cromático das xícaras restantes da noite. Só para evitar maiores tensões e, se fosse o caso, poder ir pensando adiantado, enquanto comia.

Num outro dia, na semana seguinte, ela estranhou que ele não quis tomar seu café com leite de todo dia, mas insistiu em tomar um café puro, pequeno. Estava empolgado experimentando com outros tipos de assimetrias. Três pequenas e uma grande eram de certa maneira um desafio.

Ele não teria podido imaginar que a coisa dessa descompensação aparente e de seus últimos equilíbrios pudesse ser tão interessante. E mais satisfatória, quando bem resolvida.

Mais harmônica, de certa maneira.

Estava ficando refinado.

Passou algum tempo na Wikipédia à noite, biografia de Churchill abandonada na mesa, enquanto a mulher terminava um fôlder de supermercado.

— Amor, por que é que você nunca me disse que a simetria bilateral é só UM tipo de simetria?

O celular dele a essa altura já estava cheio de fotos, todas do mesmo ângulo, do escorredor de louça de manhã cedo. Passou a manter um registro cuidadoso dos arranjos de cada manhã e da iluminação (dia chuvoso, sol esplendoroso) pensando no efeito que podia ter repetir determinados arranjos de xícaras e fotografá-los com luzes diferentes, quem sabe anos depois...

Ainda naquela noite deu como desculpa que devia ter deixado de enxaguar direito a xícara, que o gosto de detergente estava estragando o café, e se dirigiu à cozinha quase eufórico para fazer outro *espresso*. Jogou aquele fora, ligou de novo a máquina e foi pegar a xicrinha preta enquanto praticamente sentia palpitações e leves estremecimentos. O negócio agora era começar a pensar o que fazer na manhã seguinte com *cinco* xícaras no escorredor.

Demorou bastante a pegar no sono. Devia ser aquela cafeína extra.

Dias depois ele quebrou, curiosamente, tanto a xícara preta pequena quanto a grande. E normalmente era tão cuidadoso ao lavar a louça...

Quando ela acordou no entanto estava tudo ajeitado, arrumado. O lixo já estava até fechado com cuidado, tudo embrulhado em bastante jornal pra não machucar o lixeiro com os cacos. Ele mesmo levou o lixo pra fora na hora de sair, o que não era o jeito de sempre de ele fazer as coisas.

E elas não fariam falta, foi o que disse a ela.

Eles raramente usavam todas mesmo... E as coloridinhas são mais bonitas, vai?

Seus colegas de trabalho começaram a estranhar o fato de que ele tinha comprado uma caixa de lápis de cor e passava quase todos os momentos ociosos fazendo aparentes esquemas de formas multicoloridas nos bloquinhos da firma.

Uns trapezoides de dois tamanhos, dispostos das maneiras mais variadas.

Começaram, mais ainda, a estranhar o estado de espírito, algo irritadiço, refratário, em que ele ficava quando rabiscava. Quer dizer, primeiro era enquanto rabiscava. Depois foi ficando uma coisa mais geral.

Ele estava estranho.

Um colega, na verdade, achava mesmo que tinha visto uma folha com os desenhos de paralelogramos largada à toa na mesa dele, com sua assinatura no canto inferior direito. Só que não assinatura normal, dos documentos. Era uma versão mais enfeitada. À caneta.

O ritmo de trabalho dele estava lento demais. O chefe estava preocupado.

Numa determinada manhã de março sua mulher acordou mais tarde (noite puxada, prazo apertado) e encontrou, como sempre, o café preparado na cozinha.

Mas o que não era "como sempre" naquela manhã era que, apesar de já passar das dez, ele ainda estava ali, sentado à mesinha do café, aparentemente chorando baixinho, o cabelo que, agora ela reparava, estava maior do que nunca e lhe caía sobre o rosto, com uma xícara laranja na mão e olhando pra um escorredor de louça organizado da maneira mais insana e descompensada, como se aqueles objetos tivessem sido uma grande decepção moral para ele.

Ele não tinha mais para onde ir. Estava bloqueado. Não conseguia ter ideias e não conseguia se satisfazer com as que em outros momentos tinha considerado interessantes.

Um dos pratinhos em que tinham comido bolo de chocolate antes de ir pra cama... (com um descafeinado a mais, pra ela: ele se mostrou inflexivelmente determinado a não tomar mais café)... um dos pratinhos estava equilibrado na soleira da janela.

Mais do que isso, os cacos da xícara preta, a grande, que ele na verdade tinha enfiado no fundo do tal armário branco, estavam arranjados numa linha meio telegráfica na parte da frente da bancada da pia, levando como uma espécie de rastro a nada menos que a sopeira mais grotesca e mais colorida do enxoval, ainda meio empoeirada, ali parada em cima do fogão.

Ela saiu de casa dois meses depois, bem no meio do que ele considerou sua fase "brutalista". Incompreendida.

Bienal (S. Med. pat. req.) 3

Somente sala branca. Azulejada inteira.

Num dos azulejos, na parede do fundo, à direita, junto ao chão, escritas em azul e numa fonte gótica tão elaborada que quase impeça sua identificação, as letras, minúsculas, bwv.

Só.

No centro da sala, imediatamente à frente da porta de entrada, um bloco de concreto, de altura suficiente para garantir que chegue como que à cintura do espectador médio.* Sobre ele o diapasão.**

O diapasão fica ligado à corrente elétrica e vibra constantemente depois de acionados os sensores. Sempre na mesma frequência (depois de estabelecida), sempre inaudível. O que importa apenas é que se possa ver a vibração.

---

* Esses números podem variar. Quando a obra foi montada em Tianjin, o soclo em questão tinha pouco mais de 60% da altura do que havia sido utilizado em Riga. :)

** Dimensões totais: 1,5 m de altura por 0,5 de largura e 0,2 de profundidade.

Logo sobre a porta de entrada, os sensores a laser e as fontes de ultrassom empregadas para bombardear a cabeça do ingressante com um espectro de ondas senoidais de frequências simples múltiplas da faixa 27-55Hz. Também elas inaudíveis.

O software desenvolvido, no entanto, é capaz de medir as vibrações cranianas simpáticas e determinar, mesmo na ausência de ressonância fundamental plena detectável (via triangulação de quintas ou quartas justas), a frequência de vibração autônoma do crânio do espectador.*

A partir desse dado, as fontes de emissão de ondas senoidais de espectro audível passam a gerar a frequência determinada, assim como seus múltiplos dentro do espectro audível e, também, as frequências dominantes e subdominantes trianguladas, resultando num acorde curiosamente agradável e ao mesmo tempo dissonante. Em alguma medida.

O resultado esperado, e repetidamente obtido, é o crânio do espectador entrando em ressonância simpática com as frequências produzidas.**

A cabeça do ingressante efetivamente vibra na sua frequência natural. Como por si só.

E levemente.

---

* Obviamente apenas um espectador por vez.

** Em Tianjin houve também a possibilidade da instalação de iluminação de espectro variável, que era como "afinada" com a frequência musical deduzida, inundando a reflexiva sala branca de uma tonalidade cromática como que "correspondente" à mistura dos tons das três frequências (tônica, sub- e dominante). Cf. os círculos de quintas luminosas de A. Scriábin.

Cena 2

botão.

tom.

silêncio gravado...

respiração gravada...

voz gravada: Oi... olha... eu nem sei por que que eu estou ligando... [longo silêncio] tudo bem com você?... quer dizer... nessas últimas sete horas, né... [fora do microfone] Coisa imbecil... [no microfone] deve estar tudo bem, né?... amor, olha... hoje de manhã eu saí pro trabalho, sabe... sabe, né?... cê nem me viu em casa, onde mais que eu podia estar, né... se eu vou pro trabalho todo dia...

[silêncio]

sabe, ontem eu não queria ter dito aquilo tudo pra você... é claro que você não merece... mas, sabe?... chega uma hora que enche o saco, amor... chega uma hora que a gente não aguenta mais... aquela conversa de sempre, aquela coisa que eu não falo, que eu não me abro, que eu não sei lá o quê...

[silêncio]

olha, a coisa é simples, é simplesmente o seguinte... agora, eu não sei onde é que você pode estar assim no meio da tarde sendo que nem é dia de levar o cachorro pro banho...

[silêncio longo]

porra, Elza, eu não tenho a menor ideia, mas era só o que me faltava agora, você me inventar de ter um caso...

[silêncio muito longo]

o negócio é o seguinte, dona Elza, eu estou pouco me fodendo se você quer jogar vinte anos de casamento no lixo por causa da porra do cara que dá banho em cachorro, cê pensa que eu não sei... olha, o seguinte... é o seguinte... pra tua grande surpresa, eu não aguento mais, eu não tenho mais paciência pra você ficar pensando que eu nunca vou dar um passo sozinho, na tua frente... iniciativa, sabe como?...

[silêncio]

quer saber? eu estou indo embora dessa porra dessa casa, já fui!, e só estou tendo a consideração de te avisar porque, ao contrário de você, eu ainda respeito essa merda desse casamento que a gente levou vinte anos pra construir, mas que está desabando na minha cabeça tem vinte anos!... cansei... pra tua grande surpresa... eu dei o tal passo e fui embora... deixei você pra trás, Elza... hoje de manhã... deixei você, o teu cachorro fedorento e a porra do cara do banho e tosa tudo pra trás e, quer saber?, pela primeira vez eu estou adorando essa porra dessa secretária eletrônica que você me fez pagar, mês a mês, porque eu nunca, nunca, nunca, nunca mais quero nem ouvir a tua voz!

ruído do telefone,

que bate no gancho.

silêncio.

tom breve.

voz *in loco*:

* * *

Mais nada na secretária. Deve ter avisado todo mundo, a vaca. E levou o cachorro.

Juvenal (in memoriam)

Ele nunca encostava nas cadeiras. Nunca. Ficava sentado bem retinho, mesmo trabalhando. Por mais que demorasse. Nunca vi. Parecia uma estátua.

A indesejada das gentes

Foi lá no filme do Lars von Trier. Aquele do meteorão. Foi num daqueles cinemas mais metido a besta, daqueles com lugar marcado e tudo. E começou já tudo errado. Eu tava sozinho. Só eu mesmo. Porque ninguém queria ir naquele filme, na época. Sei lá. Eu tava sozinho. E começou errado porque eu fui tudo empolgadinho e comprei ingresso direto naquelas máquina de vender ingresso, pra não ficar na fila do caixa. Não, não tinha pilhas de gente querendo ir ver o do Trier. Mas na mesma hora começava sei lá mais uns dois filme desses cheio de gente querendo ir ver. E tinha pouca gente no caixa. E tudo analfabeto. Tudo lobotomizado. Uma lerdeza que era um poema épico. Aí eu fui direto na maquininha, porque nunca tem muita gente na maquininha, acho que os povo acha que sei lá o que que eles acham, mas o que eu sei é que nunca tem muita gente na maquininha. Tinha só uma pessoa na minha frente. Uma tia meio lobotomizada também. Que ficava com o dedo assim meio parado coisa de meio centímetro na frente da tela. Parado no ar, pensando antes de cada toquinho na tela. Parecia até que tipo o dedo dela era que tinha um cérebro não lobotomizado ali. E que era o dedo que ficava olhando pra tela e tipo ponderando as decisões. Como se ela carregasse aquele dedo pensante e tivesse que esperar o processo decisório do dedo. Do próprio dedo. E isso com uma coisa na tela tipo "confirmar compra". E eu numa pilha, que eu sempre tenho essas neura, por mais que eu saiba que é só neura, eu sempre tenho, por isso que é neura, né? Eu numa neura disgramada que podia acabar os ingresso e eu ficar sem. Que claro que não, né? No fim tinha tipo oito ou dez neguinho na sala. Oito ou dez e olha lá. Mas eu meio com pressa ali, e querendo já quase dar um tapa no cotovelo da tia pra atochar o dedo pensante direto na tela. Mas o.k. Mas vá lá. Deu pra comprar e tudo e tal. E nem foi isso que deu errado. O que deu errado, que já começou tudo esquisito, foi que sei lá o que que me deu na hora, se de repente foi que eu não entendi assim aquele mapinha da sala que aparece na tela da máquina de ingresso, sei lá. Só sei que eu acabei comprando uma cadeira na primeira fila! E eu queria na última! Mas acabei comprando na primeira fila. Tipo A7. Uma coisa assim. Mas fui lá e sentei. Força na peruca e tal. Porque eu comprei aquela, né? Aí era aceitar e ver o filme dali mesmo. Porque nem era tão ferrado assim, porque o cinema, esse cinema gourmet e tal, tinha aquelas cadeira bacanona que inclinam pra trás e levantam o pezinho. E ficar ali na frente acabou sendo legal. Deitadão ali. Pra ver o meteorão assim na minha cara e tal. Até gostei, sabe? Bacana. Mas nem todo mundo gosta. E nem todo mundo, aliás, tem esse tipo de fortitude moral e retidão de caráter. De ficar bem quietinho no lugar que comprou. Você vai ver. Porque além de tudo, nesse mundão véio sem puteiro, tem gente que aparentemente gosta é da primeira fila. Sempre. E tem mais gente além de mim que parece que não entende direito o tal do mapinha da máquina de ingresso. Você vai ver. Isso tudo. Espera só. Mas antes teve a da velha. Ali na primeira mesmo. Do meu lado, tipo A8. Chegou uma velha tudo manquitola, de bengalinha, detonadaça mesmo, com uma tia. E a velha era tia da tia, pelo jeito. Que era como a tia chamava a velha. De tia. E ela chegou tipo, então o teu é aqui tia, eu tou ali mais no meio, e a Neuzinha ficou mais lá pro fundo, tá? Que, tipo, qualquer coisa é bom a senhora saber onde que a gente está e tal. E que que elas não me sentam tudo junto? Se pra todos os efeitos tava vazia a cunhuca da sala? E me larga a velha ali. Toda repolhuda na cadeira. Fazendo aqueles barulhinho com a boca que os velho fazem. E no que eu ia começar a pensar que ia ser foda assistir ali o filme com a velha boquejando do lado, entra em cena a Neuzinha, que veio lá do fundão tipo em altos brados, Não mas só deixa eu dar uma olhada na mamãe pra ver se ela está confortável. E Mamãe a senhora está confortável? E a velha muxoxou alguma coisa tipo Na boa, nem se ligue guria. E a Neuzinha, Mas mãe a senhora sabe que aqui nesse cinema, que era o tal do cinema gourmet, não esqueça, a cadeira ela dá pra gente inclinar assim pra trás pra erguer as perna? Mas não precisa, Neuza, que eu não estou habituada. E ela disse habituada mesmo. Subiu no meu conceito, a velha. Não precisa, que eu não estou habituada, está bom assim. Mas a Neuzinha necas. A Neuzinha: lhufas. Ela queria era erguer os gambito da mãe. E fuçava que fuçava com o botão do lado da cadeira e nada. E aí uma menina atrás diz, Olha, a senhora tem que puxar assim pra trás ao mesmo tempo que a senhora aperta ali o botão do lado. E prestimosíssima que era ela dá o puxão no encosto da cadeira da velha bem no que a Neuzinha aperta o botão. Isso com a velha tipo opondo NENHUMA resistência física. A velha era só um molambão largado ali. Se habituando e tal. E na hora que a guria deu o puxão enquanto a Neuza apertava o botão eu só ouvi... porque eu tava ali comendo a minha pipoca e tentando fingir que nem estava acompanhando... eu só ouvi a velha dar um grwaaf! e vi um tamanquinho que foi parar quicando lá perto da tela enquanto a bengala que a velha estava segurando meio contra o peito assim deu bem na gengiva da guria metida da fila B, que caiu sentada direto e soltou uns barulhinho meio de hamster magoado enquanto a amiga dela ficava de, Ai miga, Ai miga, que que foi, mas ai meu deus, mas que que foi... Aí acaba então que agora a velha está esticada ali desabituada e a Neuzinha tudo afobada com a gengiva da guria e com a mãe que aparentemente quer voltar mas nunca que vai ter força de fazer a cadeira baixar, enquanto ela, a Neuzinha, aperta tudo doida o botão achando que vai pôr a mãe de novo sentadinha. Só que não, né. Que claro que não. Porque a velhinha não tinha mais nenhum músculo no corpo a essa altura da vida. Nem eixo. Parecia um besourão emborcado ali na cadeira. Aí como é que ela ia baixar lá o treco das perna enquanto a Neuzinha apertava o botão. Levantei o olho da pipoca, olhei meio comprido pra Neuzinha, que nem por isso, ela, e que nesse momento, a bem dizer, decidiu mudar assim o ângulo de abordagem e virou o buzanfão bem pra cima da minha cara enquanto fuçava que fuçava no botão. E a velha lá. Zen. Sem nem mais nem nem por nada. E a Neuzinha falando sem parar e fuçando. E a menina lá atrás, a da gengiva sangrando, se arrastando pelo chão junto com a amiga, parece que procurando alguma coisa, mas ao mesmo tempo dizendo, fem fe faver forfa com a ferna, e a Neuzinha, como? Fem fe fevir fa ela faver forfa com a ferna. Hilário. Não fora trágico. Eu tava tipo supersolidário com a velha ali. Aí eu levantei, contornei o fonfão da Neuzinha, me abaixei direto ali na frente da velha e falei Aperta ali que eu empurro cá. E eu acho que ela não tinha entendido. E nem ia entender. Mas como ela estava aperta que aperta aquele botão, acabou que na hora calhou de eu dar um empurrão bem quando ela. E a velha desceu. Tipo a abutre pousou. Ainda com a maior cara de nem foi comigo. Habituadinha que estava de novo. Sentaducha em posição de sentida. E não é que a Neuzinha, antes ainda de ir lá buscar o sapato da mãe pertinho da tela, me agradece esfregando a palma da mão no meu cabelo? Sério. "Bom menino." E deixou a velha em paz. Pelo menos. E foi aí. Sim, porque a história não é essa não. Isso foi prólogo, só. Tudo bem que se eu fosse de acreditar nessas parada de presságio, aquilo já tava pra lá de ominoso. Mas eu nem pensei. Achei que agora era ver o tal do filme. Só que foi aí que a coisa estranha de verdade aconteceu. Mesmo. A velha, depois disso, teve que se habituar a esse lugar de pórtico, de introdução e circunlóquio, meu rei. Porque tem gente, que nem eu te falei, tem gente que não se aquieta nisso de ficar no lugar que escolheu e tal. Tem gente que troca. Eu não troco. Mas tem gente que troca. E até aí até que tudo bem. Por mais que eu não troque, e tal, a gente aceita que os outros são diferentes. Tolerância ideológica, coisa e tal. Por aí. Só que na hora que apagou a luz, com a velha ali do meu lado respirando meio rápido ainda, dando umas espiadas pra trás acho que pra certificar que a patrulha Neuzinha tava lá na sua, e com uma mancha meio de sangue na bengala que pra te falar a verdade nessa hora eu me liguei que tinha uma coisa cravada em cima com uma puta cara de ser um dente. Um dente, véio. Tipo um incisivo. Parecia, sei lá. Parecia um xamã tanatocrático. A velha. Deu uns três tipo de medo. E é aí que apaga a luz e é hora dos trailers e tal. E nessa hora, que é quando os caras mais bárbaros que compraram o ingresso errado que nem eu provavelmente porque viram tudo de cabeça pra baixo na porra da maquininha de comprar ingresso vai ver que porque estavam putos com a tia lobotomizada, então que é nessa hora meu. A invasão. Porque trocar de lugar o.k. Vá lá. Tolero legal. Magnanímia e tudo mais. Mas sei lá o que que tava acontecendo ali. Só sei que na hora que apagou a luz eu ouvi tipo um grito primal tribal barbaral tipo uuaaaaahhhh! Vindo lá do fundo da sala. E no que eu (e todo mundo, todos os outros dez ou doze na sala) e no que eu viro pra trás eu vejo uma dupla. Uns tipinhos. Parecia um pai e uma filha. Aparentemente civilizados. Pô, os cara tavam indo ver Lars von Trier! O cara: careca e gordão. Assim de pançola mesmo, assim meio vazando na frente da camiseta. E a menina magrinha esquelética, com uma faixa amarrada na cabeça que parecia, sei lá, parecia sabe aquelas gravata de tio bêbado em fim de festa de casamento de prima brega? Na testa...? E o grito foi da menina. E os dois levantaram na hora do grito e desceram o corredor lateral do cinema, pra trocar de lugar, muito nitidamente pra trocar de lugar. Se bem que na hora eu sabe deus o que que eu pensei. Eu e a velha, que só apertou a manopla ossuda em volta daquela borduna de dente. E a gente trocou um olhar tipo Nossa hora chegou. Que mané meteorão porra nenhuma. A gente vai morrer é de ataque tapuia. Porque eles vieram descendo lá da última fila da sala, e vieram descendo os dois juntos fazendo aquele barulho com a língua, daquelas árabes em enterro sabe? Cara, parecia um caminhão de granja de peru descendo uma ladeira. Grulururgurlugurlruururg! E eles desceram meio correndo, meio abaixadinhos pra não atrapalhar (mas sério, cara, quem que simula uma invasão tabajaro-palestina ao mesmo tempo que se abaixa pra não atrapalhar? E eles meio que corriam mas assim tipo na pontinha do pé), e vieram tipo um destacamento de hipster doido em dia de lançamento de iPhone, e meio que tomaram posse das cadeira ali do lado da velha. A9 e A10. Mas de jeitos bem diferentes. Porque o cara, o gordão, essa hora tava mais era rindinho que nem rato, apesar de ainda fazer uns glulugugle vez em quando. Era tipo uma piada dos dois. Bonding. Mas a menina não. Ah… a menina não era assim tão simples.

E o trailer começou assim. A velha lívida. A guria do dente ainda rastejando atrás da cadeira. O gordacho sentado e rindinho ao mesmo tempo que olhava pra menina com uma cara de orgulho e, sei lá se já era pira minha, mas parecia que tinha alguma coisa de susto, meio que de pasmo ali na cara dele também. Olhando pra filha. A filha putativa. E a menininha de pé na poltrona, roxa de vermelha, olhando pro resto da sala no escuro atrás dela, com aquela coisa amarrada na testa, um saco de pipoca esparramando na mão esquerda, meio que com os olhos cheios de lágrima e batendo no peito com a direita. E aí que eu vi que ela tinha umas manchas estranhas na pele, pálida, pálida, pálida que era. Será que era medo na cara do pretenso pai? E medo de quê? Era pouca luz. E batia de trás. Eu mal via a menina. Mas ela parecia quase de outro mundo ali do lado da velha do cajado.

E dando um grito, cara… esquisitíssimo. Tipo um bicho estranho. Tipo um triunfo.

Nosferatu (4)

— Foi do meio do nada.

— ...

— Três e pouco da manhã, fofa. Tipo quase quatro.

— ...

— É. Silêncio mortal. Total. Eu ali dormindo quietinha depois de ter levado sei lá, horas, pra dormir.

— ...

— Porque ele tinha chegado zureta de contente em casa, falando mais que a mulher da cobra.

— ...

— É. Por causa da coisa dos mineiros. Nossa. Como que você lembrava dessa?

— ...

— É?

— ...

— Então. Aí ele chegou todo falante, a gente acabou indo ir deitar mais tarde, e eu acho que estava meio ligada. Demorei pra dormir. Pra engatar no soninho. Acho que eu meio que tinha acabado de dormir. Tipo mais de quatro horas, já. Passava. E do meio do nada eu tomo um susto que quase me joga na parede do meu lado da cama. Foi até esquisito. A sensação que eu tive na hora, e a lembrança que eu tenho até agora, é como se primeiro eu tivesse pulado da cama, depois tivesse acordado e só depois tivesse tomado o susto.

— …

— Nessa ordem, pulo, acorda, assusta. Como se eu tivesse pulado dormindo de tão rápida que foi a reação. E por alguma razão eu pulei e levei o lençol comigo.

— …

— Não.

— …

— Não o de baixo, o de cima.

— …

— Só o lençol, a coberta ficou embolada nele. Parecia aqueles negócios de mágica, de mágico, sabe. Eu puxei o lençol meio assim pra me cobrir, pra me proteger dele, e arranquei tudo inteirinho da cama sem nem bulir com a coberta, e aí eu estava lá parada tremendo encostada na parede e coberta com um lençolzinho de flor que eu ficava segurando com as duas mãos bem apertadas na frente do peito, quando eu acordei. Porque foi só aí que eu acordei.

— …

— Te juro, nêga.

— …

— Se o meu cabelo não estivesse balançando ainda, e o lençol, eu nem ia entender que tinha me mexido da cama. Parecia que eu tinha teletransportado pra ali pra aquele canto.

— …

— E a coberta, a que ficou na cama, foi o que embolou nele quando ele quis sair da cama, porque ele quis sair da cama, foi meio que a primeira coisa que eu percebi, que apesar do meu susto e do meu medo ele não estava vindo pra cima de mim. Ele estava pulando da cama pro lado dele do quarto. Mas se embolou na coberta e saiu meio trambolhando da cama e caiu lá do outro lado e teve uma hora que foi por isso que ele sumiu.

— ...

— E eu fiquei sozinha parada ali tremendo e fazendo um barulhinho baixinho, e eu só percebi que estava fazendo o tal daquele barulhinho baixinho por causa desse silêncio, porque na hora do grito não dava pra ouvir nada.

— ...

— Sozinha no escuro tremendo e com esse grito fino bem baixo. E mais ninguém no quarto. Nem ele. Era a impressão. Porque ele caiu e não mexia, não fazia barulho, nada. Parecia que tinha morrido. E eu lembro que eu pensei, será que ele morreu? E eu lembro que eu fiquei desesperada. Que me deu um vazio enorme, um puta medo mesmo, de ele ter morrido total, de uma vez, assim antes de eu poder. Antes de qualquer coisa melhor. E ao mesmo tempo eu pensava se isso lá era jeito de morrer, pô. Acordar todo mundo no meio da madrugada com aquele grito medonhento e aí cambulhar pra fora da cama e morrer na frente do criado-mudo.

— ...

— Foi. Foi um grito horroroso. Pareceu que foi no meio de um sonho. Por isso que acho que eu demorei pra acordar. Porque as coisas emendaram, sabe? Eu estava sonhando e aquele grito meio que foi crescendo dentro do sonho, como se fizesse parte do sonho, aumentando, aumentando. E aí quando explodiu que o volume me fez acordar.

— ...

— Primeiro pular da cama e depois acordar. Nessa ordem. Certeza.

— ...

— E eu lá soltando o barulhinho baixinho. E aí eu vi que não era mais sonho. E aí que eu vi que o meu marido tinha era tido um treco e morrido embaixo do criado-mudo embrulhado na coberta. E eu lembro que eu ainda olhei pra cama. De onde eu estava não dava pra ver ele no chão, só meio que uma mancha clara da coberta e do pijama dele, mas a cama dava pra ver, toda desfeita, toda tipo rasgada pela metade.

— ...

— Desculpa. Mas. Pô, puta troço ruim que me deu. Na hora...

— ...

— E o lado dele. O lado dele estava inteiro empapado, escuro até. Dava pra ver porque a cortina lá do quarto não é lá grandes coisas, sabe? Entra uma luz. Dava pra ver. E era como se naquela hora, com ele ali morto na frente do criado--mudo, aquela marca fosse meio que a cicatriz dele no mundo.

— ...

— Mas ele não estava morto. Mas também não levantou. E quando eu comecei a ganhar coragem e decidi esticar o pescoço por cima da cama pro lado dele, o que eu vi foram as mãos dele indo bem devagar, bem travadinhas, pra cima da cara, e o grito começando de novo. Começando igual no meu sonho, tipo baixo e constante e crescendo.

— ...

— Porque eu sabia que ia explodir de novo. Tudo.

Sozinho

Era um dia lindo.

Não havia mais o que se dizer ali. Céu azul, brancas nuvens poucas, bem brancas, que pareciam estar ali apenas para compor a aparência do céu. Deixar mais azul o azul. Sol claro, indo já perto de se pôr.

Um dia lindo a menos. Na vida.

Cinco da tarde, inverno, o sol tinha rodado mais perto do horizonte e a luz seria agora a felicidade de qualquer fotógrafo, ou de qualquer um que tivesse olhos abertos e pudesse ainda ver o mundo.

Os olhos tendem a afundar nas órbitas.

É parte do mesmo processo de ressecamento do cadáver, ou desidratação, que explica a retração percebida nas pontas dos dedos e no couro cabeludo, responsável pela (ilusória) noção de que cabelos e unhas continuam a crescer. Depois de morto, você está morto. Nada mais *cresce*. Crescem, sim, coisas *em* você. Vermes, gases que inflam a cavidade abdominal.

Hoje a arte e ciência da tanatopraxia, o cuidado com a aparência do corpo que será exibido no velório, atingiu um ponto de grande refinamento. Você...

... de verdade, eu garanto que você não sabe o quanto deve a esses técnicos. O quanto a tua memória, as imagens de velórios e enterros com que você convive pelo resto da vida seriam diferentes se você tivesse visto, em vez do que de fato viu, um corpo no estado em que eles (corpos) tendem a chegar à funerária.

E não é necessário nem mesmo falar em acidentes horrendos e deformadores. Mencionar mutilações. (Apesar de que mesmo nesses casos há hoje muito que se pode fazer para garantir um velório com caixão aberto.) Até nas situações hoje em dia mais típicas, de morte hospitalar, o processo, como que o *ato* de morrer parece deixar marcas no corpo que resta. Marcas do caminho da vida até a morte.

E se mesmo nos mais pacíficos dos falecimentos, aqueles que antigamente se dizia terem ocorrido "em odor de santidade", os primeiros fenômenos fisiológicos (como aquele ressecamento) já teriam que ser combatidos para que nós, devidamente protegidos dos dentes da morte, pudéssemos ver nossos entes queridos, amigos, de maneira menos ameaçadora naquele último momento, o que dizer dos casos, necessariamente mais numerosos, em que mesmo sem que tenha havido, digamos, atropelamento e amputação, o falecido (a falecida?) ostenta inequivocamente no rosto os estertores por que passou nos momentos finais.

A falta de ar.

A angústia. Agonia.

A congestão sanguínea.

Quando o corpo tem gravado nos olhos, fechados, o que terá visto naqueles segundos finais... A esses olhos, não nos basta a proteção das pálpebras, não nos basta que estejam fechados. Precisamos nos proteger mais definitivamente.

Para esse fim, os tanatopraxistas de hoje colocam sob as pálpebras do cadáver pequenas peças côncavas de plástico que mantêm o formato da pálpebra inalterado mesmo que o globo recue e míngue. Mesmo que dentro dos olhos nos sumam os olhos da cara. Essas capinhas têm também pequenas ranhuras que se agarram à face interna das pálpebras e assim as mantêm fechadas, como que à força, evitando outro tipo de "acidente" extremamente desagradável durante a vigília em torno do cadáver.

Mesmo que seja esse o teu desejo, não vale a pena tentar usar o dedo para abrir aquele olho e enxergá-lo de novo, uma vez mais. Ele está preso. Morto duas vezes. O volume que você percebe por trás da pele, ali no caixão, não somente é incapaz de te enxergar. Antes ainda de ser comido pela terra, aquilo nem é mais um olho.

Naquele dia lindo, por ser já fim de tarde, começava a algazarra de passarinhos que se recolhiam. Imensa sensação de paz.

Brisa leve.

De algum lugar, provavelmente só da memória de algum

dos presentes, vinha uma canção alemã do século anterior, que falava justamente de um dia como esses, de uma sensação de tranquilidade como essa.

Descanso em meio à grama verdejante
E longamente lanço ao alto o olhar,
Cercado pelo som sem fim dos grilos,
Envolto inteiro pelo azul do céu.

As lindas nuvens brancas vogam vagas
No azul profundo, como sonhos mudos;
Parece que faz tempo que estou morto,
Feliz navego pelo espaço eterno.

Difícil acreditar na presença da canção naquele momento. Muito pouco provável. Mas parece adequado.

Parecia. Pareceu.

É extremamente importante, para o conforto de familiares e amigos, que o rosto todo do falecido pareça denotar essa mesma paz.

Acredite você na vida após a morte ou não, o fato é que simplesmente não basta apagar as marcas do eventual sofrimento pelo qual a pessoa teria passado *in articulo mortis*, ou mesmo nos dias, semanas ou meses que a levaram até aquele seu último segundo. A ausência de sofrimento no rosto é somente um primeiro passo. E se apenas por ter evitado que você contemplasse a lembrança dessas dores você já teria muito que agradecer ao funcionário anônimo que no meio da madrugada passou horas manuseando o corpo que agora você contempla, ainda mais motivos de agradecimento ele lhe dá ao fornecer àquele rosto uma expressão de... como dizer... não apenas de paz, mas praticamente de... *satisfação*.

É isso. Como se a pessoa estivesse *bem*.

Feliz, quase.

Essa expressão é obtida graças a um trabalho de massagem e manipulação do rosto que combate os primeiros sinais do enrijecimento dos tecidos musculares devido inicialmente ao corte do suprimento constante de íons de cálcio, que tende a se manifestar cerca de três horas depois da morte, normalmente muito antes da chegada do cadáver à funerária, portanto. Essa massagem também busca ativamente *desenhar* naquele rosto a expressão mais neutra, estática e reconfortante possível.

Criar a paz.

A isso se segue um trabalho de maquiagem delicado e importantíssimo (para homens & mulheres). Afinal, entre o que os antigos consideravam como sinais clássicos da morte estavam não apenas a rigidez cadavérica, mas também a palidez e o frio, o que se chamava de *livor* e *algor mortis*. Pois a perda do tom mais "vivo" da pele, que tende a se fazer manifesta graças ao corte da circulação sanguínea já na primeira hora após o falecimento, é apenas a primeira mostra da cessação das funções fisiológicas que mantinham o organismo como uma máquina térmica funcional: o corpo morto tende a esfriar cerca de um grau por hora, e normalmente já está frio ao toque (de quem ousar tocá-lo) quando deixa o hospital.

Num canto da capela, escondida dos raios do sol que, inclinados, parecem querer tocar até mesmo a parede oposta à porta, uma mulher sem absolutamente nenhuma expressão, marca nenhuma de um sentimento definitivo no rosto, tem grudada ao peito uma criança que parece quase grande demais para ainda estar sendo amamentada, e que na verdade, se você olhar melhor, dorme profundamente no colo da mulher de preto, que não enxerga nem caixão nem sol. Só.

A mulher parece apenas morder os lábios.

Segurar entre os dentes os dois lábios muito tensos.

Um velório, além de servir como ritual que permite que as pessoas que se sentiram mais diretamente tocadas por aquela morte tenham uma chance última de ver a pessoa falecida e, mais do que tudo, de encontrar umas às outras e encontrar umas nas outras a empatia, a similaridade de sentimentos e o apoio de que precisam para poder lidar com aquilo...

... um velório serve também, e em certo sentido principalmente, como forma legal de estabelecer a morte. Não é apenas para os suicidas *de facto*, afinal, que a morte pode parecer uma saída para o que reste de irresolvível na vida. No caso elementar de uma pessoa pesadamente endividada, por exemplo, que ao morrer deixa repentinamente todos os credores na mão, é claro que não poucas vezes poderia surgir alguma dúvida quanto a ser real ou forjada aquela morte. Poderia aparecer a suspeita de que alguém encenou seu próprio falecimento, com o auxílio de médicos, funerárias, ou não, apenas como forma de começar de novo, em outro lugar, com outra identidade.

Vida, sim, após a morte.

Ao se expor o corpo de maneira pública, aberta, durante um período predeterminado, gerava-se como que a oportunidade de "ver para crer". Estabelecia-se consuetudinária e juridicamente a morte do falecido. Agora morto também aos olhos do mundo. Morto após a morte. Sem sombra de dúvida.

Na infância de Ermelino, toda ela cercada por histórias grotescas de pessoas que acordaram dentro do caixão, toda ela assombrada pela mera palavra *catalepsia* e pela ideia tão violentamente repulsiva de despertar preso no túmulo, tão profundamente violenta que na verdade era quase a sombra de uma ideia que no fundo ele evitava contemplar...

... na infância de Ermelino sempre lhe pareceu que no fundo, e na impossibilidade de se retomar o que lhe parecia o costume muito mais louvável e seguro (e que na sua infância de alguma maneira parecia ter sido algo realmente existente como que uma geração antes) de se enfiar de alguma maneira uma estaca no coração do morto, sempre lhe pareceu que o velório era apenas uma forma de ficarmos todos de mãos dadas, torcendo (ou não) para que o cadáver acordasse (ou não).

Acordasse ainda antes de se ver sozinho, numa caixa escura e sem ar. Para sempre.

Depois de acertar os traços e aquietar a expressão (e não antes, como poderia parecer... racional?), o tanatopraxista abre com cuidado a boca do cadáver e, com um aparelho que se assemelha a uma seringa, ou na verdade mais a uma pistola de agulhas, passa um cabo através de suas gengivas, por entre as raízes dos incisivos. Essa agulha acaba costurando, pregando, dessa maneira, a mandíbula inferior à superior (por vezes o técnico pode escolher também passar o cabo pelo septo nasal). A ideia, claro, é evitar que a boca se abra ou que a maxila inferior se desloque para o lado, conforme a posição do corpo no caixão tanto durante a exposição quanto durante o transporte.

Além disso, uma boca firmemente selada garante (junto com o fato de que o nariz, o reto e, no caso das mulheres, a vagina são bloqueados com algodão) que odores e fluidos internos não acabem escapando do corpo ainda durante o velório.

Ermelino estava morto havia nove horas quando o velório foi aberto. Naquele dia lindo, 5 de julho.

Hoje, a ideia de um cadáver simplesmente se pondo de pé durante o velório pode parecer muito mais adequada à comédia do que a qualquer expectativa (infantil?) mais trágica. A bem da verdade, além do mero fato de serem absolutamente exageradas as histórias populares em torno da catalepsia e das pessoas cujos caixões, ao serem reabertos (e por que teriam sido reabertos?),* ostentavam desesperadas marcas de unhas,

---

* Mas é bom lembrar que antes de os médicos conhecerem direito o estado de coma, por exemplo, é perfeitamente possível que inúmeras pessoas tenham, sim, sido enterradas vivas. Na verdade, estimativas (necessariamente aproximadas) feitas a partir de depoimentos de coveiros, relatos na imprensa e dos poucos estudos antigos que chegaram até nós apontam que entre os séculos XVIII e XIX, por exemplo, em determinadas localidades o índice de enterros de pessoas vivas pode ter chegado a 10%. E há, sim, histórias muito bem documentadas de caixões abertos em que se viam as marcas do desespero. E há, inclusive, uma história de uma família que, ao abrir o jazigo

101

esses mesmos processos tanatopráxicos basicamente garantem a impossibilidade de uma pessoa "despertar" durante o velório. O que dizer então da possibilidade de ela ser de fato "enterrada viva"?

É bem verdade que a morte é um estado em certo sentido *liminar*.

Pode-se, medicamente, estar "mais ou menos" morto. Sabe-se que quando o coração para de bater, na ausência de estimulação externa, a circulação sanguínea se interrompe imediatamente e, com ela, cessa o aporte de oxigênio a todas as células do corpo, que, das mais frágeis às mais robustas, numa ordem mais ou menos conhecida, morrem com uma velocidade também conhecida. Mas sabe-se também que certos medicamentos (como a atrofina, possível responsável pela "morte aparente" do queniano Paul Mutora, que acordou dentro de um saco na morgue, quinze horas depois de ter sido declarado morto por envenenamento em 2014) podem alterar esses processos e essas velocidades.

E sabe-se que, paradoxalmente, a diminuição da temperatura corporal (aquele *algor mortis*), potencializada ainda pelo resfriamento forçado nas funerárias, pode também aumentar a resistência celular à morte e à decomposição, numa espécie de *congelamento* do corpo, em tudo e por tudo similar ao que garante por vezes a sobrevida de esquiadores soterrados por avalanches (talvez a versão *branca* do pesadelo cataléptico).

---

para o enterro do segundo filho, encontrou a filha, morta quatro anos antes, não contorcida dentro do caixão apenas depositado numa gaveta, mas transformada numa pilha de ossos acumulada contra a porta trancada.

Acima de tudo sabe-se que o corpo humano é estranho, e que improbabilidades continuam longe de significar impossibilidades.

Mas a chance de que alguém falsamente dado por morto sobreviva ao processo tanatopráxico atual é ainda menor do que a de alguém sobreviver aos "testes" a que por vezes eram submetidos os cadáveres durante o século dezenove. Em que se compara, afinal, ter agulhas enfiadas sob as unhas ao fato de se ter o umbigo perfurado pela agulha de cinquenta centímetros de um aspirador a vácuo que suga todo o conteúdo dos intestinos num movimento circular de *varredura*?

E o que dizer da troca do sangue do cadáver por um fluido de embalsamamento?

A tanatopraxia moderna, em sua necessidade de dar ao corpo morto o máximo possível da aparência de uma pessoa viva em repouso, e em sua obsessão por garantir que acidentes (vazamentos) não ocorram antes da hora, como que sublinhando a organicidade do processo […] em sua busca algo quimérica (conquanto bem-sucedida) por eliminar a aparência da morte, ela acaba na verdade sendo a maior garantia da morte. Todo o processo de "embelezamento" e "higienização" do cadáver acaba no fundo matando qualquer chance de vida.*

Edgar Allan Poe pode ter sido responsável por muito do folclore em torno da catalepsia e da ideia do *enterrado vivo*. O próprio Poe, que acabaria morrendo de maneira talvez mais trágica e não menos misteriosa, passou toda a sua vida com medo dessa possibilidade. Ermelino não conhecia os contos de Poe.

Ermelino também não leu nem em versões adaptadas

---

* *Feldeinsamkeit* apud Fischer-Dieskau, 2012, p. 63 (tradução minha).

(adulteradas?) os contos infantis de Hans Christian Andersen. Nunca soube das instabilidades e fobias do autor daquelas histórias, que ia dormir toda noite tendo ao seu lado, no criado-mudo, um bilhete que dizia: *Jeg kun sover; ikke begrave mig.* Estou apenas dormindo; não me enterrem.

No velório de Ermelino, que morreu num hospital, da maneira mais próxima à do "odor de santidade" que em vida teria ousado imaginar, havia não muitas pessoas, não tanta tristeza, nenhuma angústia. Sua morte iminente era tida como certa por quase todos, depois de anos de uma saúde progressivamente mais frágil.

Ermelino parecia progressivamente mais morto a cada ano vivo. Se seu medo de ser dado por morto antes da hora continuava ali, mal podia ele saber que, de certa forma, era exatamente isso que, aos olhos dos outros, estava acontecendo com ele havia pelo menos cinco anos.

O velório de Ermelino, cuja morte se deu à noite, cobriu de luto, para poucos, uma parte não tão grande de um dia de um sol esplendoroso...

Hoje, a ciência tem meios razoavelmente confiáveis de descrever o que acontece após a morte. Não, claro, num sentido religioso, ou de qualquer maneira místico. Ela, para isso, continua respondendo: *nada.*

Mas quanto aos segundos que se seguem imediatamente à parada da circulação sanguínea, sim, há o que saber. Há como saber o que acontece com uma pessoa *enquanto* ela morre. Enquanto deixa de ser e laboriosamente se encaminha para ser aquele *nada*.

O medo de ter sido enterrado vivo foi a maior e mais clara sensação de Ermelino no momento em que acordou, minutos antes de morrer, com uma sensação de que algo tinha chegado.

Foi esse mesmo medo que o levou, no hospital, gélido, imóvel e suando, a tentativamente chamar Lucília, antes mesmo de ousar dobrar um braço que já receava que fosse roçar na madeira da tampa do caixão. O medo só passou porque Lucília veio do banheiro e logo depois já mandava buscarem a irmã, que infelizmente não conseguiu chegar a tempo.

Quando Ermelino abriu os olhos (naquele momento) estava tudo escuro (ela acendeu a luz ao sair do banheiro). Sozinho (não: ela saiu do banheiro e acendeu a luz ao vir a ele).

Ermelino ficou até surpreso por perceber que aquele medo de morrer em vida, ou de reviver na morte, continuava ali com ele; quando acordou e se viu sozinho, ou achou que estava sozinho no hospital (que não entendeu que fosse o hospital), seu pânico não era o de ter percebido a iminência da morte, como depois seria narrado por anos a fio pelas filhas (ou ao menos por Lucília, diante sempre de um silêncio pétreo da irmã): seu horror vinha de achar que já tinha morrido, ou que tinham achado que ele já tinha morrido; menos do que se julgar perdendo a vida, o que o deixou lívido foi o medo de estar *recobrando* a vida, dentro do caixão...

Morrer era menos terrível.

Quando Lucília, vindo do banheiro, segurou a mão que ele não ousava tentar erguer, quando ele percebeu que estava vivo entre os vivos, Ermelino quase quis rir de seu medo de criança. Foi tomado de uma imensa leveza.

Estar prestes a morrer era muito melhor.

Para Ermelino, a morte em vida, a morte da vida durou aqueles minutos finais. Não os anos que viram os outros. Mas, numa intensificação progressiva, aqueles minutos finais entre acordar desesperado, chamar no silêncio, temer a vida, a morte e o abandono e ser atendido, querer estender a mão no escuro e, pouco tempo depois (mas quase demais para ele), sentir a mão fresca da filha.

Entre acordar e dormir. Entre sair do escuro e apagar.

Primeiro, partes da rede neural começam a desligar por falta de oxigênio. Algumas regiões do cérebro podem funcionar de maneira descontrolada, numa espécie de espasmo de ação, graças ao fato de que outras, cuja responsabilidade era inclusive inibir esse funcionamento excessivo, desligaram antes delas. Outras regiões, e logo depois o cérebro todo, tendem a passar rapidamente por um estado de choque, de suspensão, e a entrar num modo de funcionamento muito parecido com o da euforia, à medida que o corpo libera todas as enzimas e íons possíveis numa espécie de tentativa de reiniciar "no tranco" o funcionamento encefálico.

Os pontos do encéfalo em que surgem esses "lampejos" são aleatórios, mas à medida que acionam áreas específicas e à medida que o que resta de funcionamento nas funções neurais superiores tenta dar algum sentido ao que está acontecendo e busca alguma coerência naqueles dados disparatados (mais ou menos como nos sonhos, em que tentamos impor uma narrativa às imagens algo desprovidas de sentido que o cérebro nos oferece), lembranças, visões podem disparar de maneira muito vívida diante daqueles olhos já apagados.

Não raro, e não necessariamente para diminuir o sofrimento (esse é apenas um efeito colateral), mas para buscar fornecer ao organismo moribundo alguma energia e lucidez para tentar, mais uma vez, um esforço final para sobreviver, em caso de ferimentos ou traumas graves, por exemplo, as descargas de hormônios como a endorfina dão início a essas quase *alucinações* ainda *antes* da morte, já nos momentos que antecedem a parada cardíaca definitiva.

Quando a pessoa, em seus momentos finais, aparenta felicidade ou parece rever pessoas do seu passado, ela no fundo está sob influência de algo não quimicamente diferente dos opiáceos. Está drogada. A endorfina, afinal, foi batizada como versão *endógena* da *morfina*. Quando a pessoa, em seus momentos finais, logo antes e (invisivelmente, para nós) também logo depois de cessarem seus batimentos cardíacos, aparenta felicidade, é apenas, pura e simplesmente, porque seu corpo percebe que chegou ao fim.

Os segundos finais da vida de Ermelino foram, num certo sentido, os únicos momentos em que ele deixou de ter medo de ser enterrado vivo. Ali, na cama onde estava havia dias no hospital, cercado pelas filhas e por todo um imenso cortejo de parentes e de amigos que não via havia anos, depois do pasmo de ter despertado como que ciente da vida recuperada na morte, depois do choque de ter despertado no que lhe parecia uma caixa minúscula, escura e solitária, ali ele foi feliz.

Estava apenas vivo, e estava apenas morrendo. Sem horror.

O último sentido, consciente, a desligar será a audição. À medida que, em termos de QI, vamos retrocedendo a estados cada vez mais primais, menos primatas e mais "reptilianos", nossa visão por fim também desaparece depois de perdermos o olfato, as sensações táteis, o paladar e mesmo a propriocepção, a nossa percepção da posição relativa do corpo no ambiente, a nossa noção de sermos um corpo.

Nossa última *imagem* do mundo será um som.

Tomara que uma voz...?

Arminda, sim; ela viu o pai na pequena morgue do hospital, antes de ele ser encaminhado para a funerária para quaisquer serviços tanatopráxicos que pudessem lhe ser dispensados. Porque Ermelino morreu em 1933, naquele dia de sol exuberante.

Cem anos depois de nascer o autor da canção que estava ou não estava soando em seu velório.

Ermelino morreu num tempo em que em vez de um cabo cirúrgico por dentro das gengivas, o que cerrava a boca dos defuntos nos velórios era uma faixa de tecido branco amarrada do queixo ao alto da cabeça. Ermelino morreu, e morreu em paz, esquecido dos medos de toda uma vida no meio de uma enxurrada de íons e moléculas complexas, muito antes da tanatopraxia moderna e de suas garantias de morte. Mesmo assim, a visão que tiveram as pessoas no seu velório foi completamente diferente do que viu Arminda ali na morgue improvisada da Santa Casa.

Ela nunca ia poder esquecer. Por que é que decidiu entrar ali?

Foi no fundo o mesmo instinto que leva os outros a irem ao

velório. Ver o pai (no caso dela) uma vez mais. Não se conformar com sua ida. Com sua proléptica (e já presente) ausência.

Mas não queria ter visto. Queria ter não visto.

Não queria ter passado os minutos que passou ao sair daquela morgue, certa de que estava prestes a perder o juízo, pela primeira vez na vida. Desesperada no sentido mais pleno do termo.

Depois de ter passado talvez menos de três minutos na pequena morgue do hospital, onde duas das três macas estavam ocupadas: uma por um corpo gordo coberto por um lençol branco, outra pelo magro cadáver do pai, cujo rosto tinha ficado à mostra depois que ela comunicou às enfermeiras que queria vê-lo. O rosto magro do cadáver do pai. Nariz proeminente, pele que de *indiada*, como se dizia naquele tempo, agora parecia verde, cinza... boca revirada para baixo, ressecada, com marcas de saliva seca nas comissuras labiais, olhos quase fechados, cílios que se projetam como pequenos seres vivos que quisessem fugir dali.

E a expressão.

A sensação imediata do frio naquela pele. Da morte daquele rosto que, depois desses talvez três minutos que lhe pareceram meia hora, ela finalmente se convenceu (o que lhe parecia como que necessário, para dar algum sentido àquela experiência de que se arrependeu imediatamente) a tocar com dois dedos, na altura da testa.

Mas não a beijar.

Beijar ela não conseguiu.

Seu pai morto de verdade.

Arminda ficou chocada, e mais do que a palavra "agradecida" pode comunicar, ao ver de novo o pai já no velório. Ao pensar que seria esta, e não aquela, a imagem que os outros guardariam dele.

Não o medo.

O dia se manteve lindo da abertura do velório ao fim da tarde. As nuvens surgiram pelo meio da manhã e só aumentaram a beleza do azul. A sensação de paz, de harmonia...

A brisa leve chegou depois das duas, um frescor, certa umidade que parecia, se você quisesse pensar assim, prenunciar que a noite seria fria, feia, seria má. Mas durante a tarde toda aquela canção continuava soando apesar de não soar em lugar algum. Continuava como que no ar inclusive no momento em que o coveiro, sozinho, já sob um céu que mostrava os primeiros sinais do anoitecer, terminava de lacrar com tijolos a gaveta do jazigo da família Flores, que teve a bondade de ceder aquele espaço para Ermelino, que não tinha túmulo.

A gaveta podia ser liberada. A tia Mindinha, enterrada ali em 1911...

... o que restava do corpo da tia Mindinha foi removido do caixão já semidecomposto ele também e transferido para um saco preto, que então foi enfiado no fundo daquela caixa de tijolos, abrindo espaço para outro caixão. O coveiro, aquele mesmo que agora fechava a entrada com tijolos, cuidou de tudo, só pediu que uma pessoa da família testemunhasse que o procedimento se dava todo dentro do maior respeito e da maior consideração.

O vento soprou fragmentos.

Algo entrou no olho de Lucília.

* * *

Arminda, que estava lá quando abriram o túmulo mas não estava presente nos últimos minutos, nunca pôde deixar de pensar no dia em que o pai morreu de verdade.

Porque quando Ermelino abriu os olhos estava tudo escuro. Sozinho.

Juvenal (in memoriam)

Sei lá eu. Cada um tem a sua história. As suas coisas. Pra cada um vai ser uma lembrança e vai ser uma falta. Uma ausência. Um buraco. Nem imagino lá pra mulher e pra filha. Pro monte de alunos. Pra todo mundo que leu as coisas dele.

Eu mesmo fui aluno. E fui leitor.

Lá na minha cabeça, aqui do meu jeito, eu até acho que fui meio filho. Ou que ele, na verdade, meio que cumpriu função de pai pra mim, lá dentro.

Nunca foi meu orientador nem nada.

A gente no fundo conversou muito pouco.

Mas aí teve esse dia. Teve o dia que a gente tava no meio de uma discussão na sala do cafezinho, e eu defendendo o departamento no meio de uma brigaiada interna lá. Eu me empolguei mesmo.

Eu era novo ali.

Mas estava bem claro pra mim qual que era o meu lado naquela briga.

Eu nem tinha me dado conta que ele estava na sala. Mas

de repente ele passou por trás de mim, acho que saindo pra fumar, e deu dois tapinhas nas minhas costas.

Uma coisa meio "orgulho", meio "você é um de nós".

A gente mal tinha conversado antes.

Ele

Porque não adianta só um à-primeira-vista.

Isso de primeira vista é definitivamente pra gente inexperiente. Vou te contar por exemplo. Por exemplo eu estava num shopping e vi uma puta menina linda que ia indo pra comida árabe. Puta menina bonita mesmo assim de cara sem a menor dúvida. À-primeira-vista.

Atrás de um treco tipo um balcão com umas flor em cima que quando a menina ia passando meio que só dava pra ver ela tipo das costela pra cima.

Mas mesmo assim, meu. Uns puta peitão assim de babar mesmo. Numa daquelas blusinha justinha que elas usam sabe? Dava pra ver uns pedacinho da alça do sutiã e tudo. Uma blusinha bem degotadinha que mostrava di-rei-ti-nho aqueles peitão que parecia que queriam pedir pra sair dali direto.

Linda, linda, linda. Teteia.

Aquela pele lisinha, redonda...

De babar mesmo, meu.

Assim à-primeira-vista.

Mas aí, eis que senão quando, que a menina continua andando pra comida árabe e sai de trás do tal do tipo do balcão de flor e quando ela aparece inteira na outra ponta...

Ela...?

A mina, sabe? A mina não era nada. Era nada disso, meu. A mina nem era *menina*...

Jonas

Estava ali. Ainda estava ali.

Bem dobradinho, branco. Limpo. Chega dava um prazer de ver assim.

Mas acima de tudo era bom saber que estava ali. Que ainda não tinha caído, sujado. Ou, pior ainda, que pudesse ter se perdido.

Contar com o paninho ali no braço vinha sendo a maior estabilidade da vida do Jonas nesses últimos três meses.

Jonas. Vilson Jonas Weinreich Vilar. Dipsomaníaco. Mulato.

Um dia o dono ali tinha dito pra ele que era dipsomaníaco que se dizia, que era muito mais sério, mais bonito. Que ele não tinha que ficar se preocupando mais com os nomes se soubesse um nome desses. Um nome sério pra uma coisa séria. Um nome sério era já um passo grande nessas coisas.

Porque ele se incomodava com o nome. Com os nomes em geral. Não gostava de alcoólatra. Também não gostava mais dos alcoólatras. Nem do nome nem das pessoas. Se bem que ele gostava dos Anônimos. Precisava deles, até. Mas tudo bem que aí, se eles eram anônimos, o nome não era mais problema. Eles meio que não tinham mais nome, afinal.

E além de tudo eles não rezavam pra bebida.

Porque uma vez um amigo dele, que era pastor de uma igreja que só ele parece que conhecia, e que todo mundo chamava de Clark Crente, esse amigo pastor, ele disse que alcoólatra era que nem idólatra, por exemplo, que era um cara que adorava o álcool. E esse mesmo cara já tinha explicado que a gente nem devia usar o verbo adorar, porque adorar a gente adora é só Deus. Só o Senhor. E só esse mesmo, e com maiúscula sempre.

Então não podia ser *latra* de nada. E também não podia dizer que fulano era teu ídolo. Ídolo de pé de barro sempre. Todos. Que a gente latrava errado. Sempre. Que o ídolo do bezerro de ouro já era errado, porque não era Deus. Imagina assim o Tony Ramos!

Agora alcoólico também era dose. Alcoólicos anônimos parece que é só uma bebida sem nome. Ou várias. De alto teor. Por exemplo.

Ou baixo.

O Jonas era baixo.

O Jonas era baixo e meio preto. Meio ruço. Um metro e meio pouco mais. Meio russo e meio ruço. Com aquele nome ruim de dizer. Que a mãe dizia que era russo ou polaco, ucraíno.

Nada mais feio que um meio preto meio pálido. O cara fica meio cinza. Meio verde.

Jonas passou metade da vida adulta toda todo verde. Cinza-feio. Mas feio mesmo foi ver o pai no caixão. Meio preto, todo cinza. Todo preto, ele que era. O pai. Ficou de um cinza feio também.

E também dipsomaniava. O pai. Latrava até. E não guentou. Uma hora o corpo não guenta mais, e fica verde sem parar. Fica cinza.

O pai virou cinza.

Estava batendo era um solzão ali agora, ali no fundo. Ia começar o calor. A calura. Era ficar concentrado agora pra tentar não começar a suar cedo demais. Era não pensar. Porque era inevitável. Ele sabia que ia começar a suar, mas sabia também que se começasse a se concentrar nas gotinhas que já deviam estar aparecendo na testa, e nas agulhadinhas de alfinete que já sentia nas costas, ia só ficar nervoso pra não suar, e que ficando nervoso ia só suar mais, e que ninguém, mas ninguém mesmo quer ser atendido por um garçom todo suado.

Não mesmo.

E aí começava a tentação, também. Com aquilo logo ali.

Ele já tinha passado manhãs e manhãs a milímetros de segundos de distância de finalmente catar o paninho branco que lhe caía pelos dois lados do braço esquerdo e dar uma boa enxugada na testa antes de ir atender uma mesa.

Era mole. Era ficar meio atrás ali daquela divisão que tipo esconde a entrada do banheiro. Um gesto só. Ninguém ia perceber.

Mas vai que o pano fica amarelo.

Vai que dá na cara?

118

Quando ele estava ruim do fígado tudo que ele encostava ficava amarelo quase laranja. E o paninho era tão branco.

Os caras ali até riam dele por causa. Ninguém ali andava de paninho pendurado no braço. Diziam que era coisa de garçom de boteco das anta. Mas também ninguém andava com a camisa fechada até os grugumilo.

Tudo bem que nele a camisa fechada nem chegava a apertar. Ficava sobrando dois dedos. Mas ele queria ficar sério. Queria ficar elegante ali parado de pé o mais reto que conseguia, sempre com o pé esquerdo um tantinho mais pra frente pra ninguém ver assim de cara o furo no canto do outro pé. Com o cabelo grosso penteado pra trás e a essa altura já começando a empapar por baixo, misturando suor com gel. Gel pedra moicano.

Ontem estava tão quente que o gel escorreu pela nuca na hora do movimento mais puxadão.

Gel com suor. Desceu pelo meio das costas bem devagarinho. E ele evitando se mexer demais pra tentar deixar a camisa frouxa e engomada bem branquinha longe da pele meio escura, sem criar mancha, sem amarelar.

Que ninguém quer ser atendido por um garçom amarelado.

Amarelar. Amarelar era sempre uma coisa ruim. Ficar verde também não era bom. Por isso que amarelar era ruim. Pra ele. Significava.

Ele tinha que ficar fazendo força. Todo dia, um de cada vez todo dia. Um dia de cada vez. O que fez ele ir lá foi a primeira vez que chamaram ele de alcoólatra. Uma mulher na rua. Tão linda que parecia um anjo. De manhã bem cedo, dia de inverno. Ela elegante feito europeia de primeiro mundo.

119

Ele só queria era dizer isso pra ela. Dizer que ela parecia um anjo. Mas deu pra ver que ela ficou com medo só já quando ele foi chegando. E é verdade que ele nem conseguiu dizer nada direito, que tinha sido uma puta noite comprida que ele nem lembrava mais como era que tinha começado. E as coisas se embolaram na boca na hora de dizer que era um anjo.

E ela só meio que passou de lado, de longe, e disse de lado pra outra do lado, lá longe dele, que Meu Deus a essa hora!, e a outra, foi a outra, a da esquerda, que falou. Alcoólatra. Ela estava errada de dizer o nome de Deus. Mas mais errado estava ele. Ele sabia.

Primeiro ele ficou triste só porque não tinha conseguido dizer pra ela aquilo do anjo. Mas quando começou a chorar quente, de soluçar, sabia que era por causa do *latra*, por causa daquilo que o Clark tinha dito. Que ele não tinha mais Deus, que agora não merecia mais anjo, que ele adorava a cachaça e ia morrer. E ia morrer e virar cinza de queimar no fogo. E não tinha mais dinheiro no bolso. E era um alcoólatra. Pra sempre.

Porque foi isso que eles disseram no fim. Mesmo depois do fim daquilo tudo, que no fim nem era fim, então. Que ele nunca ia deixar de ser alcoólatra. Que tinha que passar a vida inteira em recuperação. Lidando com a vontade, com as vontades, lidando com a tentação. Lidando, lidando, lidando. O tempo todo.

Alcoólatra.

Alcoólico.

Paudágua.

E quando disseram que ele tinha que escolher um poder supremo pra rezar. Que não precisava ser Deus, mas podia ser qualquer coisa. E ele não conseguiu. Mesmo com as conversas do Clark. Ele não conseguia ver esse Deus que esse sim a gente podia latrar. Vai ver depois de um tempo?

Mas disseram que não precisava ser Deus, que podia ser qualquer coisa que ele reconhecesse que era maior e mais poderosa, mais forte que ele, que tivesse força e poder de poder ajudar. E ele lembrou de novo do amigo crente, que fazia anos que não via mais, e rezou sim. Rezou mas foi pro álcool, único poder supremo que ele conhecia nessa vida.

Tenhe piedade de nós.
Não me deixei cair em tentação.
Tenhe piedade de nós.

Que ninguém quer ser atendido por um garçom dipsomaníaco.

Se bem que ninguém sabia que ele era. Só o dono. Que ele conheceu lá dentro dos AA.

E agora tinha já três mês que ele estava ali de pé. Parado. Se segurando. Resistindo. Rezando pro álcool e aguentando a tentação. E trabalhando aqui na lancheria no primeiro turno. Servindo as mesas dessa gente que não parece nada a moça europeia meio anjo, que ele tinha visto logo ali naquela esquina mesmo. Cuidando do pano branco, mantendo branco aquele pano limpo, zelando pela limpeza do pano de limpeza. Sempre ainda imaculado.

Está dando certo.

— Ô, Jonas. A seis quer mais duas cachaça. Leva ali pra mim que eu tenho que correr no banheiro?

— Opa. Beleza, pra já.

* * *

É abrir a garrafa. É servir sem derramar. É equilibrar na bandeja sem sujar o paninho. Sem sujar o paninho, pelo amor de Deus.

É caminhar dois metros sentindo o cheiro sem pensar, tentando não suar. Tentando não suar.

É rezar pro álcool que Deus já deve estar chegando.

Nosferatu (1)

Eu não acredito.

…

…

(Ela se vira.)

…

…

(Suspira.)

…

Puta que pariu.

E o pior é ainda não poder nem fazer barulho. Saco. Mas foi-se. Foi-se. Adeus, soninho.

E justo hoje. Justo hoje.

Puta dia comprido.

Tudo bem que o dele deve ter sido também. Pelo que ele falou, pelo menos… E, meu deusinho do céu, mas como falou, meu. Pelo amor. Nunca vi uma coisa dessas. Já chegou solando. Parecia que tinha tomado alguma coisa. Será que ele tomou alguma coisa?

Mas que coisa, Maria Luiza, mas que coisa... Que coisa. Onde já se viu. Não dava nem tempo. Ele chegou na hora de sempre, do jeito de sempre, só que a mil. A mil e um. Falando pelos quatro cotovelos. Um sorrisão enorme.

Dá uma tristeza, lá isso dá.

Deixa pelo menos ver se eu consigo puxar essa coberta aqui sem acordar ele.

...

Prendeu embaixo do braço. Mas tudo bem, do jeito que ele está hoje eu podia puxar isso aqui até fazer ele sair rodopiando. Dar um trancão assim. Sair que nem pião. E aposto que caía dormindo do lado da cama. Pelo menos um puxãozinho mais.

...

Engraçado que parece essas horas que são essas coisas. Que é totalmente impossível. Que a única razão de você não conseguir dormir é essa coberta embolada aqui, ou curta ali, ou a coceira do elástico da calcinha. Ai, meu Deus. Será que dá pra coçar com a mão esquerda...

Mas dá uma tristeza mesmo, isso. Dá.

De por que é que você olha o teu marido chegar em casa todo feliz, quase saltitante mesmo, uma puta cara radiante, e você não consegue ficar feliz, Maria Luiza?

Eu até meio que me diverti na hora. Pensei, eh! Qual que é, Valtinho? Acho que até falei isso. Devo ter falado. Mas no fundo eu estava era rodando aqui umas coisas tipo o que que ele me aprontou? Ou nem isso. Que eu sabia que ele não tinha aprontado nada. Conheço o seu Valter aqui. Deve ser só culpa.

Ou nem isso. No fundo mesmo eu estava era pensando tipo qual que é, mané, de onde essa cara? Taí se abrindo que nem guarda-chuva por quê?

Eu devo até ter falado isso. Acho que falei.

E ele nem tchuns.

Só o sorriso.

Tudo bem que fazia meses mesmo que eles estavam torcendo pra aquele pessoal de Minas fechar com eles. E que diz que todo mundo ficou superfeliz lá na agência, que nem foi só ele. Diz que até mandaram o guri descer comprar umas cocas e umas coxinhas.

Procê ver…

Isso com "aquele zumbi do Cléber" de chefe. Nossa, deve ter sido a maior festança.

Hffff…

Sacanagem.

De novo. Só maldade, no fim. É só maldade.

Deve ser culpa.

Os caras estavam felizes. Que comam coxinha! Pois que comedes coxinha e vos fartardes! E infartardes!

(Ela sorri. Pisca cada vez mais lentamente.)

(Suspira.)

Deve ser culpa.

Aí ele me chega com aquela carantonha de satisfeito. *Sastisfeito*.

Trouxe presente? Nem.

Trouxe coxinha? Té parece…

Só o falatório. E me contando tudo de novo pela trocentésima vez. Como se eu já não soubesse a porra da história do "pessoal lá de Minas". *Ladiminsss*. Ele simplesmente não consegue não dizer. Capaz de apostar que ele fala até pros caras *ladiminsss*. Desse jeito. Imagina. Sabe Deus como é que foi que eles conseguiram "fechar" com esse povo.

Nunca devem ter visto nem a fuça do Valter. Porque o Cléber faz mais figura.

Maior surpresa, que vai ser.

Sacanagem. Só porque não me trouxe coxinha...

(Ela sorri. Olhos bem abertos.)

Deve ser. Só pode ser por causa disso com o Cléber. Se bem que eu duvido. Não tem a menor noção. Nem de nada. Só quer saber é do contrato com os mineiros e de zumbir na minha orelha na janta. Me chamou pra ir comer fora? Já que era comemoração? Nada. Só quer saber é do tal do contrato.

Engraçado que eu já tinha até esquecido essa estória. Ele até parecia também, que tinha. Esquecido. Aí tudo de novo.

Aquele monte de número, aquele *monditrem* que precisou pra fechar com os caras. A estória toda de novo. Que o Cléber que conseguiu, que tudo bem que ele nunca foi muito com a cara do Cléber, mas que foi ele que fechou. Sei.

Será que ele disse isso mesmo? Que nunca foi com a cara do Cléber?

Se-rá?

Sei não. Eles sempre se deram bem. Direitinho, pelo menos. E o Cléber também me dá a mesma impressão. Sempre. Deve ser por isso a culpa que não me deixa dormir. Vai que.

Mas hoje tudo lindo. *Purcausdumonditrem* que deu certo. Que tudo deu certo. Que maravilha. Só coxinha. *Mondicoxinha*.

E ele estava feliz. Estava mesmo. E eu achei ruim. Pensei qual que é, mané. Puta sacanagem. Sacaneando com ele e achando ruim ele estar de cara boa. O cara estava animado, ora. Ara.

Ora-ora. Arara, sô.

...

...

...

Tinha era que trocar essa cortina. Fica uma luz. E tem

hora que parece que só isso que é a coisa. A coisa da cortina embolada embaixo do braço.

Que não vai dar pra você dormir por causa disso.

Do braço dele aqui embolado em mim todo feliz na coberta. Da cortina da luz.

...

Deve ser culpa.

...

Bienal (S. Med. pat. req.) 7

Um quadro.

(Ainda em fase de conceito e desenvolvimento.)

Para maximizar o efeito de questionamento e simultânea reafirmação dos valores da pintura "tradicional", talvez o melhor seja de fato empregar um quadro já conhecido, de preferência antigo o bastante para não levantar demasiadas questões de direitos autorais e, ao mesmo tempo, "moderno" o suficiente, radical o bastante para sublinhar o quanto há no conceito de questionamento e reafirmação.

No momento o que nos parece mais adequado é a utilização da obra de J. M. W. Turner.

De especial interesse nas oficinas até aqui vem sendo a tela *O navio negreiro*, inclusive por suas ressonâncias, além de técnicas e estéticas (quase "piro-"técnicas), também políticas e históricas.

A sala consistiria de um ambiente côncavo que permitiria penetração (por porta estreita mas não cortinada) até cerca de dois metros. Nessa espécie de bolha seria projetada a tela de

Turner, via projetor oculto sobre a porta, com algum sistema de alta definição que permitisse compensar anamorficamente a distorção propiciada pela agora "tela" curva do fundo da sala e gerar uma visão "normal" do quadro quando visto de fora da sala, até o limite da porta.

Uma visão "tradicional", malgrado ampliada, da conhecida e impactante tela de Turner.

No entanto, a porta aberta restaria como convite (um dos participantes da última oficina, no entanto, sugeriu a inclusão de uma placa EXIT sobre a porta).

E no momento em que o espectador ingressasse na sala (ingressasse na obra e no inferno de morte e luz de Turner. E de beleza) a distorção das paredes começaria a se revelar, ao mesmo tempo que a imagem, dada a compensação digital do projetor, se manteria intacta.

O espectador estaria dentro da obra, com a consciência dessa impossibilidade e dessa deformação.

Idealmente pensando se não seria melhor voltar à porta.

Sinceridade e autenticidade

— Tá. Pode ser. Pode ser mesmo. Apesar que eu na verdade eu ainda estou mais interessado na leitura que a gente podia até chamar de "do autor" mesmo. A que fica depreendida do texto. Porque o texto se trata de um texto que de certa forma tenta reanimar, tenta reinventar meio que a tradição do texto moral, apologal, dos *exempla* mesmo. Ele quer dizer coisas sobre a vida, ele quer usar a ficção, ou naquele caso aquele minirrecorte de ficção, pra dar voz a certas opiniões sobre a vida e tal. Sobre o mundo. As pessoas. Mas sem soar dogmático. Na verdade essa é meio que uma questão geral, de toda a obra do autor. Essa oscilação entre uma veia mais ensaística que quer dizer coisas sobre as coisas, e a tentativa de fazer essa exposição por meio de personagens, de vozes, de outros. Outras vozes. Isso se é que a gente pode falar da obra de um autor que publicou só um livrinho pequenininho, né?

— Tá. Mas ao mesmo tempo será que a gente precisa levar o cara assim retão?

— Como assim?

— Reto tipo direto.

— ...

— Porque se ele escolheu dizer as coisas assim de fianco, por meio dessas ficções, há de ser porque ele ou não quis achar o jeito de dizer reto, de uma vez, ou preferiu não. Né?

— É. Pode ser.

— Pois é. Mas poder ser esse "pode ser" é que é a chave. E no caso desse cara, do moedor de carne, eu acho meio necessário mesmo que a gente considere que a "moral" da coisa possa ser essa mesma, direta, que o cara está expondo, o cara do moedor, mas pode também ser uma coisa diversa. Pode ser que o autor na verdade quisesse só expor uma coisa diferente da que ele de repente queria expor mesmo, achava, pensava de verdade, se é que a gente pode aqui ficar imaginando o que que ele "achava"... "de verdade". Vá saber. Mas o que me interessa aqui é que ele na verdade podia só era querer usar aquele cara, o do moedor, aquela voz, pra na verdade dar vazão assim a uma coisa diferente.

— O contrário?

— O contrário. Que podia ser que ele não acreditasse naquilo. Porque, sabe, aquilo ali me pega assim meio pelo avesso. Aquilo ali me irrita um pouco. Me parece meio estúpido.

— Estúpido como... Ana...?

— Estúpido porque o cara, o autor, o cara tinha mais de quarenta anos. E aquele sentimento ali é tipo super pós-adolescente. Não tinha mais como um cara daqueles "se identificar" com uma ideia tão imbecil. Tão simplória e na verdade tão iludida.

— E você se incomoda de me dizer então o que é que tem de estúpido ali, então?

— O cara se revoltar, o cara se angustiar contra a coisa do moedor.

— Mas você, que já superou a fase pós-adolescente do nosso autor...

[*risos... risos malévolos. O professor sabe que está começando a perder, os alunos sabem. Os alunos, mais ainda, sabem que ela pode estar começando a ganhar. Ganhar alguma coisa. E eles não gostam disso. Ninguém gosta. Nem ela mesma, que está pouquíssimo interessada em ganhar ou perder alguma coisa. Ela é talvez a única pessoa ali dentro, hoje, que quer realmente discutir alguma coisa de verdade, em vez de marcar uma posição, de se estabelecer numa hierarquia qualquer. Ela está fadada a perder, portanto — é o que pensa o irmão mais velho, responsável pelo convite.*

"Vai lá hoje, Aninha. Acho que, na boa, todo mundo gostou de você aquela vez da aula sobre Beckett. E meio mundo lá te conhece mesmo da cantina, e nem o Wilder se incomoda que você não é do programa. Ele também não é. Só está de convidado esse semestre, afinal. Ele é superaberto. E acho que você ia gostar de discutir o livro com os caras lá. Podia ser legal."

Agora ele está começando a se sentir mal. Ela está fadada a se perder.]

... você podia explicar pra gente o que é que tem de pós--adolescente nessa revolta, que de resto me parece um retrato bem adequado de uma certa *Angst* tipicamente pós-pós-moderna?

— Porque é bobo. Porque o cara está revoltado com a falsidade, certo? Porque ele está querendo alguma coisa de verdade. E algum adolescente acnento cheio de mais nada o que fazer, ou isso ou algum tarado religioso cheio de um monte de coisa pra fazer com a cabeça dos outros, só alguém assim é que no fundo acha que isso é assim mesmo...

[*ela está nervosa. Ela normalmente não se atrapalha assim. Isso pra ela é de verdade. Ela é aluna da graduação. De QUÍMICA. Mas pra ela isso aqui é importante de verdade. Só pra ela, parece, às vezes.*]

... porque o foda é simplesmente que não tem verdade, meu... Porque o foda é simplesmente que o moedor de carne É um moedor de carne, É falso, É aparência, e não tem pra onde você correr, nas relações com o mundo em geral, em nome de alguma coisa de verdade, real, reta, direita e direta. E eu simplesmente não consigo acreditar que o cara, com mais de quarenta anos

[*Ai, Wilder, não precisava a imitação de velho corcunda agora...*]

, é, meu, porque isso é alguma vida, né?, devia ser alguma coisa?... eu não consigo me conformar que o cara pensasse isso mesmo. Eu acho que ele devia sacar o que tinha de ingênuo no lamento do cara do moedor. Ele tinha que entender que aquilo podia até ser tipo empatizável. Tipo, que ele não precisava odiar e nem desprezar o cara do moedor, mas que não tinha como endossar de vez aquele cheque. Porque ele TINHA que saber melhor. Saber mais. O cara não era tão idiota assim. Que na pior das hipóteses, o único jeito de redimir o autor é supor que o cara, o dono da voz, está de novo sendo hipócrita, manipulando agora o chefe, querendo parecer o tipo da pessoa que diz aquelas coisas... Mas e aí ele não continua parece que querendo um "de-verdadismo"?

— ...

— Ele não está escrevendo um ensaio. Um discurso moral. Ele não está dizendo nada reto. Ele está mostrando uma voz. E nada impede que ela seja ridícula. É que nem naquele do cara com a menina gorda. Ridículo. Porque ele sabe, cara,

[Não chora, Ana]

e meio que todo mundo que não nasceu ontem e já parou de tocar punheta pensando em Paquita tipo SABE que esse negócio é isso mesmo. Que o moedor, o tal do moedor de carne, é o que é. E nem é necessariamente mau. Ruim. Que se o cara fizer a parte dele, e fizer pelos outros, ele vai estar fazendo o "de verdade" que dá pra fazer nessa merda desse vale de lágrimas. Sem lágrimas. Sem lágrimas...

— ...

— ...

— Tá bom, Ana. Tá bom. Mas e o que que a gente faz com toda essa última hora de conversa aqui, em que quase todo mundo leu nesse conto alguma coisa mais profunda, mais reta, como você diz? O que que a gente faz com o impacto daquilo? Daquela angústia?

— ...

— Pode ser idiotice.

[*Fui eu que trouxe ela aqui.*]

— ...

— Como é que é, Miguel?

— Pode ser idiotice. O cara, e não o cara do conto, o autor mesmo... o cara podia simplesmente ser uma besta.

Juvenal (in memoriam)

O que eu sempre achei mais interessante, e olha que eu posso te apostar que ninguém vai falar isso, é bem o tipo de coisa que ninguém vê, mas eu vejo, e no caso dele eu vi mesmo, eu *via* mesmo, porque eu prestei bem atenção no Juvenal desde o começo, desde o comecinho mesmo, antes de todo mundo começar a falar dele, de começarem a falar que era pra "prestar atenção" nele, mas claro que ninguém nem prestou, só eu que prestei atenção mesmo... tem tanta coisa que as pessoas nunca veem, e eu aqui cá entre mim mesma (ih! boa, essa!), eu sempre achei que pode bem ser que seja lá nessas coisas bem pequenininhas que ninguém nem vê que a gente pode mesmo saber quem é quem, quem é o quê, o que que faz um ser um e outro não... e não o outro... então, por isso... que o que eu sempre achei mais interessante, que eu ia dizendo, era que ele nunca fazia marola, nunca sacudia nada, ele largava um copo na mesa sem fazer barulho, apertava um interruptor sem dar tapa, sentava no carro sem quase alterar o amortecedor, nunca, mas nunca mesmo se deixava cair na cadeira: controlado até o último minuto. Ele passou sem trombar com nada. Eu acho isso definitivo.

Boa noite, tchau, até amanhã

1.

Ele abriu a porta bem naquela hora.

Ou não. Eu não consigo lembrar se a porta estava fechada mesmo. Em tempos diferentes ficou aberta, ela ficou fechada. Mas acho que ficou fechada a maior parte dos tempos diferentes também.

Só voltou a abrir quando eu fui morar sozinha. Adulta. E aí acho que era medo mesmo. Que deixava a porta aberta. Um medo estranho não sei nem bem de quê.

Tempos diferentes ainda.

Mas então. Então eu não sei se a porta estava aberta quando ele abriu a porta bem na hora.

Eu comecei a fechar a porta foi pra poder ouvir música no quarto. Até bem tarde. Depois pra poder ler até bem tarde. Até bem tarde mesmo.

Eu acredito que seja até saudável que outras meninas tenham fechado suas portas em tempos diferentes por motivos de ordem sexual. "Motivos de ordem sexual."

Eu não tinha motivos de ordem sexual pra fechar a porta quando comecei a fechar a porta. Eu não fechava a porta do banheiro. Quer dizer, não trancava. Nem quando realmente eu tinha motivos de ordem sexual que podiam ter me levado a querer fechar a porta do banheiro.

Aliás na verdade ele também abriu essa porta um dia bem naquela hora.

Aí eu comecei a fechar a porta do banheiro. Trancar.

Mas acredito que eu fosse também basicamente saudável. Mesmo não fechando a porta do banheiro, ou do quarto. Se bem que, se eu realmente tiver que parar pra pensar, eu vou ter que dizer que naquela época eu já fechava, sim, a porta do quarto.

A questão é saber ou lembrar se naquela hora a porta já estava fechada, porque afinal de contas eu ainda não estava indo dormir. Eu não tinha dito boa-noite.

Depois de dizer boa-noite ia ter sido normal fechar a porta do quarto pra dormir. Ou pra ouvir música, ou ler. Ou pra fazer as coisas que naquela época eram realmente o que eu fazia imediatamente depois de fechar a porta do quarto.

E que pode ser que ele pensasse que tinham relação com motivos de ordem sexual.

Mas o simples fato de ele ter aberto a porta assim de repente mostra que não, que eu ainda não tinha dito boa-noite, que eu ainda não estava oficialmente indo dormir, e que portanto a porta devia estar aberta.

(E por extensão meio que mostra também que ele não pensava que aquilo tudo pudesse ter a ver com motivos de ordem sexual. Espero.)

Ou pelo menos encostada. O que vale mais ou menos a mesma coisa, eu acho.

Mas então. Então ele abriu a porta. E me pegou bem no meio de uma das coisas que na época me ocupavam, meio que me determinavam na hora de ir dormir, embora eu conseguisse me livrar delas em um ou outro grau durante a maior parte do dia. A "maior parte" do dia. Que fique bem claro.

Menos das contas.

Das contas não. As contas eram o dia inteiro.

E são, ainda. A coisa dos números ímpares... enfim.

Como as coisas que me ocupavam não eram de ordem sexual, eu sabia que não precisava ter vergonha. Eu sabia na verdade que aquelas coisas não seriam nem identificadas como "coisas" pelos outros. A não ser por ela. Mas ela certamente a essa hora estava ocupada no quarto dela com as coisas dela, que até hoje eu não sei quanto eram ou não eram parecidas com as minhas. Coisas.

Ela...

É quase certo que ele estivesse era vindo do quarto dela nessa hora. Que ficava mais perto do banheiro. Mais perto da escova de dentes. Bem embaixo da luz acesa.

A luz ficou acesa anos a fio.

Primeiro porque ela tinha medo do escuro, de ficar sozinha, depois que eu saí do quarto dela. Depois não sei mais. Ela continuou tendo medo muito tempo, depois que eu saí do quarto dela. Eu até às vezes tive que voltar pro quarto dela. Assim no meio da noite. Ouvindo choro. Mas acho que uma hora ela deve ter parado de ter medo.

A gente sempre para, né?

Não para?

Eu ficava sentada numa almofadona laranja dos Smurfs até ela dormir.

2.

Mas a lâmpada a essa altura já estava acesa, e ficou acesa. E a lâmpada inclusive virou mais uma "coisa". Uma das coisas. Porque ninguém tinha memória de jamais ter trocado a lâmpada. Que era uma lâmpada bem fraca, que era acesa só uma vez por dia, o que deve ter contribuído pra retardar o desgaste. Da lâmpada.

Mas. Mesmo assim. Não era normal uma lâmpada que não acabava nunca. E uma lâmpada é uma luz. E uma luz que não acaba nunca tinha que virar uma das "coisas".

Mas quando a lâmpada acabou eu acho que os tempos diferentes meio que já tinham passado, virado outras coisas, porque eu não lembro de qualquer angústia enorme por causa da queima da lâmpada. Que não apagava. Que não "acabava".

Mas quem acendia a lâmpada eu acho que era o pai.

Se bem que eu lembro de eu mesma ter acendido. Sei lá se isso foi mais pra frente, quando eu já estava mais "normal", "saudável", provida de interesses de ordem sexual e tudo o mais.

A luz do meu quarto também estava acesa quando ele abriu a porta naquela hora. Na verdade a luz, a lâmpada do meu quarto era basicamente o meu único interesse no mundo naquela hora em que ele abriu a porta. Ainda era só o começo de tudo que eu tinha que fazer naquela noite, e a coisa da lâmpada era suficientemente nova na minha lista pra ocupar mais tempo e mais devoção que qualquer das outras.

Coisas.

No quarto.

Eu sabia que ele não podia entender aquilo. Ou que aquilo era um "aquilo". Ou que tinha naquilo qualquer coisa pra se entender.

Mas eu sabia. E não consegui entender como podia um pai não ver no rosto de uma filha que ela estava perdida em coisas muito sérias, muito mais duras do que se poderia esperar que suportasse uma criança normal sujeita a desejos e inquietações geradas por motivos de ordem sexual. Por exemplo.

Como é que ele podia ter aberto aquela porta, olhado pra mim e nem mesmo levantado uma sobrancelha de esquisitamento. Como é que ele podia ter me dado boa noite e. Sei lá. Acho que ele deve ter me dado um beijo. Sem nem parecer se perguntar o que eu estava fazendo. Por que eu estava fazendo. Sem me dizer pra parar de fazer aquelas coisas que ele não podia ver porque eu sabia que só eu podia entender.

Porque elas pareciam "normais". Coisas normais.

Porque ninguém podia ver dentro da minha cabeça, que era onde as coisas aconteciam, mesmo que elas gerassem marcas que seguramente se manifestavam no meu corpo. Suores. Tremores. Unhas nas palmas das mãos. Unhas intencionalmente aplicadas em outros pontos das mãos.

Acho que uma ou outra lágrima.

Mas devia ser bem de vez em quando, isso. E era frustração. E tudo isso era silencioso. E a porta seguramente estava fechada. Seguramente.

Tudo que eu sabia que ele estava vendo era uma menina plantada no meio do quarto, com as mãos erguidas numa posição que era a mesma posição de quem reza um pai-nosso numa igreja em que as pessoas estão suficientemente interessadas na sua própria salvação pra ainda erguer as mãos diante dos olhos quando dizem a oração que o senhor nos ensinou, mas não mais suficientemente interessadas em ter qualquer contato com o sujeito que está do lado pra efetivamente segurar a mão dele, olhando pra cima.

Ele deve ter pensado que eu estava rezando.

E jamais teria imaginado que a luz era a da lâmpada. Que me interessava.

Eu sabia.

Mas eu não conseguia entender.

Mas mesmo assim o que eu fiz foi dar por terminada a coisa da lâmpada. Era assim que elas terminavam na maior parte das vezes. Dadas por. Terminadas.

Agora é que as coisas iam realmente começar.

E tinham que começar no quarto dela. Antes de eu voltar e fechar a minha porta. Mesmo que só de passagem. Mesmo que só antes da volta às minhas coisas.

Boa noite, tchau, até amanhã.

Boa noite, tchau, até amanhã.

3.

Tudo dependia de mim.

Absolutamente tudo, naquele tempo. O mundo e o universo.

E era isso a maturidade naquele momento. Você consegue entender? Porque pode parecer até o contrário, né? Se você olhar sem a devida atenção. Pode parecer imaturo, pré-racional, místico, superável.

Mas no fundo hoje eu acho que eu estava era abandonando a crença infantil de que o mundo, tudo, e o universo, se resumia a mim. Abandonando? O solipsismo do neném. E chegando à compreensão de que havia todo um mundo e um universo inteiro, e política, economia, e dor, desejo e falta, exércitos. E de que tudo, tudo isso pendia integralmente de cada mínima ação que eu realizasse sem a devida preocupação ritual.

Tudo bem que ainda era meio egoico, mas agora era um egotismo de tortura, de responsabilidade. Pelos outros. Por tudo. Pelo mundo.

Eu não tinha no horizonte que podia magoar o meu pai, ou deixar o meu pai preocupado com as atitudes estranhas da filha.

Única e simplesmente porque o que estava em jogo era tão maior. O mundo poderia muito bem deixar de existir, pura e simplesmente, naquela noite se eu não cumprisse direito os rituais que, de alguma maneira, cabiam só a mim.

Ou não. Nem me interessava se não. Se era só comigo ou se em algum canto de algum outro canto do mundo tinha outra menina preocupada em conseguir fazer o resultado de qualquer operação aritmética nunca ser oito.

Porque oito era o infinito. Era sem saída.

Mas isso nunca se converteu em alguma noção de especialidade, de ter sido escolhida. Até porque de alguma maneira eu sabia, disso eu sabia mesmo, que no quarto da minha irmã, desde que ela saiu do nosso quarto e começou a fechar a porta, o futuro do mundo estava também sendo decidido, sem que ela tivesse dito qualquer coisa a respeito.

Não ria, por favor.

4.

(Porque as palavras tinham um peso também. Porque as coisas em torno delas estavam absolutamente impregnadas de significação e de uma significação que se estendia a todas as esferas celestes.

Aquela lâmpada que não queimava.

Nela e na sua continuidade repousava o repouso do mundo.

Boa noite.

Toda noite.

Antes de dizer bençapai.

A garantia de estar. Abençoadas.

Mas elas não pensavam no inferno. Não pensavam na morte. Só restavam as obrigações.

Toda noite.

Boa-noite era mera convenção. Todo mundo diz boa-noite. Simples afirmação de obediência a um registro de simpatia.

Boa-noite queria dizer, muito menos que boa noite, que a pessoa que dizia boa-noite queria ser considerada como uma pessoa que se preocupava com a boa noite da pessoa com quem falava.

Boa-noite era reflexo.

Ela até hoje diz "um bom dia pra você". E diz quando *sai*.

Ela não desistiu de tentar empurrar as palavras e o desejo pra fora da fôrma da convenção.

Elas sabiam que as palavras eram muito.

E naquele mundo em que tudo era o mundo. As palavras não poderiam deixar.

Daí tchau.

Boa noite era só uma saudação.

Era muito mais pessoal dizer tchau. Dizer tchau não queria dizer que elas estavam indo embora uma da outra, mas queria dizer que estavam ali.

Que elas estavam no que diziam.

Dizer tchau era dizer oi. Era de verdade.

Boa-noite, tchau.

Até pouco tempo atrás elas dormiam num mesmo quarto. Quando decidiram que elas tinham crescido, foram postas em dois quartos diferentes. E ela rapidamente fechou a porta do quarto.

Mas o tchau era ainda também a marca dessa despedida de cada noite.

[Na verdade ela não lembrava. Não saberia dizer se tinham começado a dizer tchau antes mesmo da mudança de quartos. E na verdade não sabia dizer o que exatamente isso significaria.]

O tchau era a despedida verdadeira.

O que dava um certo medo.

De início, depois de dizer boa-noite, tchau, restava um segundo gélido, estranho, em que elas se olhavam do alto das camisolas de flanela [azul a dela, bege a da irmã: as duas mais do que necessárias num apartamento em que a umidade escorria das paredes no inverno] e estranhavam o peso.

Ele sabia que depois daquilo era ir pro quarto sozinha e enfrentar todos os ritos e todas as obrigações. Sabia que a noite ainda acordada seria tudo menos boa, e de alguma maneira sabia que a irmã faria coisa parecida, e que portanto estavam tudo menos se despedindo realmente.

Estavam apenas se destacando.

E isso sempre acontecia no quarto da irmã.

Era ela quem ia. E ela quem fechava a porta.

Mas restava o frio.

E um dia a irmã disse até amanhã.

Não. Nós não vamos morrer durante a noite. Nós precisamos deixar claro agora que contamos com uma boa noite, que contamos com o desejo, real, de uma boa noite de uma e de outra e que contamos com o fato seguro, certo, de que amanhã voltamos a nos ver.

Boa-noite, tchau, até amanhã.

Isso durou bastante tempo.

Certamente mais de um ano.

Tempo que bastou, pelo menos, pra fazer com que passassem a dizer com mais velocidade, sem sequer pensar, sem frios e silêncios. Tempo pra que a obrigatoriedade [muito, muito maior que qualquer convenção social] de dizerem aquelas coisas se transformasse não mais numa despedida do mundo sem significado do dia inteiro para a entrada no peso do começo da noite de sono, mas sim numa primeira coisa a se cumprir de forma correta.

Não apenas a ser dita.

Mas a ser dita de forma correta.

Na posição correta. No lugar certo. Com a certeza de que ambas ouviram e pronunciaram.

E começaram a por vezes encenar essa despedida bem mais de uma vez por noite, conforme acreditassem não ter sido justa a última réplica.

E eu comecei a rir delas por isso.

Rir.)

5.

Mesmo assim, era assim...

Ele foi dormir.

Devo ter voltado à lâmpada. Eu não posso ter certeza. Faz bastante tempo.

Mas se não foi a lâmpada foram os quadros, os chinelos, o crucifixo, a cabeceira da cama, as cortinas. As listas e os desejos. Se não foi a lâmpada foi qualquer outra coisa.

Era assim, eu me colocava bem no meio do quarto...

146

Investigações filosóficas (2)

É um exercício mental. Uma proposta de imagem. Como que uma metáfora.

Para que o leitor tenha a capacidade de verificar por si próprio o que ele pretende dizer. Para que ele consiga dizer o que pretende dizer sem ter que dizer, porque afinal, como se vê pelo exemplo, ele para todos os efeitos não consegue acreditar na possibilidade de dizer alguma coisa nos termos que são mais comumente considerados pelo, digamos, senso comum. E então ele em geral prefere que o leitor tenha a possibilidade de ir seguindo por si próprio o fio das ideias, guiado por ele, pela mão, pela mão dele, até chegar sozinho a pensar e compreender o que ele acredita ter primeiro pensado e compreendido.*

---

* Não podemos deixar de considerar que esse processo está também ele mergulhado nos paradoxos e nas contradições envolvidas no complexo e, no limite, insolúvel problema que é a reflexão sobre a linguagem dentro da linguagem. Por mais que a maiêutica possa ter parecido um processo interessante

Trata-se da seguinte situação.

Uma comunidade em que todos carreguem pendurada no pescoço uma caixinha.

Dentro dessa caixinha está uma coisa. Que ele chama de *Käfer*.

Todos sabem que têm dentro de sua caixa um Käfer. Todos sabem, porque olham durante toda a sua vida para esse Käfer, que características físicas ele tem (é um animal? um mineral? um texto?) e que tipo de processos ocorre com ele. E eles passam horas olhando o Käfer.

Todos acreditam saber* que as caixas dos outros também contêm um Käfer. Por quê?

Porque todos dizem uns aos outros que suas caixas contêm um Käfer.

Mas, e esse passo é absolutamente fundamental, ninguém, jamais (por qualquer injunção social, jurídica ou de outra natureza... talvez tácita?), pode olhar dentro de outra caixa que não a sua.

Todos vivem a convenção de saber que todos têm dentro daquelas caixas plenamente visíveis um Käfer. E para que mais elas serviriam?

Uma segunda complicação do problema é que ele deixa pelo menos suposto que naquele mundo não existem coisas chamadas Käfer que não sejam aquelas dentro das caixas.

---

por tentar realizar o parto da ideia no interlocutor, sem que ele se visse necessariamente preso a suas interpretações da enunciação do que é, afinal, inefável, ela não pode deixar de ser vista, discursivamente, como um processo também *poluído* em que a comunicação esconde manipulação, ação do locutor sobre o interlocutor e, na mesma medida, reação deste sobre aquele.

* E vejam como já é necessária e interessante a modalização: *acreditam* saber. Qual a diferença entre um saber e outro? Eis basicamente a essência da impossibilidade de resposta ao problema.

Ou seja, não só os indivíduos não podem saber que o que os outros levam no peito é um Käfer igual ao seu, ou em que medida diferente, em questões de detalhes, como não podem, no fundo, saber se o que os outros chamam de Käfer é essencialmente o mesmo bicho que carregam em suas caixas fechadas.

Tudo a que podem recorrer para compreender em algum sentido ativo e relevante uma sentença como "meu Käfer perdeu uma perna", para imaginar o que aconteceu, saber que uma perna fará falta ao Käfer (é um animal? e tem pernas? tinha?... a pessoa pode nem entender a sentença: pedir esclarecimentos) e sentir em alguma medida a dor, simpática, que sente seu proprietário, tudo é fundado em igual medida na ignorância da situação de fato e na crença de que essa ignorância é contornável, com base em um sentimento comum, um fundo comum, no fundo baseado em pouco mais que nada de concreto.

No momento em que o texto do sujeito original diz "chamemos essa coisa de Käfer", ele está fazendo na verdade algo que aquela sociedade teve ela mesma de fazer em algum momento. Decidir um nome para algo que parece comum àqueles indivíduos, para algo que é perfeitamente compreensível para cada um deles, com base em suas evidências próprias e na convenção, ou na crença da comunidade.

Algo que eles todos entendem. Um nome útil que todos usam sem vacilar. Um instrumento poderoso, com o qual descrevem a realidade e entendem, ou acreditam entender, as descrições da realidade feitas pelos outros.

Uma possibilidade de que as realidades se comuniquem.

Porque no fundo eles nunca vão poder "saber" o que cada um tem na sua caixinha. Nunca.

Chamemos essa coisa de Käfer.

Digamos besouro.
Mas podia ser dor.
Podia ser desejo.
Podia ser eu.

Autêntico

De: junioramaro@gmail.com
Para: norton_juzniak@yahoo.com.br
Assunto: O "conto"

Caro,

tudo bem aí com você e a Mônica? Tudo tranquilo na universidade?

Por aqui eu e a Marcela resolvemos finalmente tirar aquelas férias em Nova York que a gente estava se devendo desde o ano passado. Uffa! Finalmente. Estamos naquela correria, sabe como é, né? Passagem, reserva, planos... e os *vistos*! Ah, meu querido, nem te conto a odisseia dos vistos. Ô, raça!

Mas, tudo feito, tudo fechado e tudo programado por aqui. Let's go!

Só não queria deixar de te responder antes de a gente viajar, então ontem de noite, na volta da redação (Campanha eleitoral, sabe como é, né? Plantão ontem até a hora de acabar o maldito debate da Band...), tirei um tempinho pra ler, com o maior carinho, aquele conto que você tinha me mandado há tempo demais pra ainda estar sem resposta de alguém que se considera teu amigo!

Desculpa de novo, Norton. Desculpa. Mas as coisas andam ferradas pro meu lado!

☺

Mas. Enfim.

Primeiro de tudo, queria te dizer que você não tem nada que ficar se desculpando assim previamente. Ora, todo mundo tem o direito de querer escrever alguma coisa. Não é porque você "não é da área", que nem você falou, que eu ia de saída cair matando e demolir algum conto teu com algum ar de "profissional", meu velho! Sem nem falar que, pô, eu publiquei aqueles três livrinhos aqui pela editora do Juca, né? Coisa local. Isso está muito longe de me transformar em profissional do ramo. E não é porque eu escrevo no jornal todo dia que eu posso dizer que a ficção literária é necessariamente mais a minha praia que a de um dentista, de um engenheiro ou, sei lá, de um professor de educação física!

(Tudo bem que, te falei?, o povo da pós aqui da Estadual me chamou pra dar um curso lá ano que vem!)

☺

(nudge-nudge)

☺

Mas então, sem tergiversâncias e direto às finalices, que nem dizia o Gordo.

Olha, Norton, o teu conto é MUITO interessante. Assim de cara a gente percebe que você andou lendo muita literatura, que você tem um interesse assim pela tradição mesmo, e que você afinou a tua prosa bastante nesses últimos tempos (Ou você sempre escreveu essas coisas e nunca mostrou pros amigos, hein? Ia ser bem a tua cara.).

É um conto de um escritor com bastante potencial, Polaco!

Gostei do sabor geral das frases, de umas figuras. Gostei do ritmo dos parágrafos. Você sabe que dizem que nada deixa os escritores mais ensandecidos do que discutir paragrafação? E você tem uma habilidade bem legal de conduzir as quebras e as trocas de assunto, de ritmo, do conto.

Achei, no geral, muito bonito.

Gostei bastante de ler, Norton. E acho que você podia fazer muita coisa pior nessa vida do que dedicar um tempo a esse "hobby" como você disse que estava pensando em fazer. Eu seria o último a desrecomendar o tal do "hobby", e sei muito bem que esse momento de a gente se recolher a um mundo que a gente mesmo inventou, essa hora de chegar em casa e tirar uns minutos todo dia antes de ir pra cama pra tentar dar forma a um pedaço desse universo que a gente concebeu, sei muito bem que isso não tem preço, como dizem os nossos amigos do Mastercard. E eu acho que você tem mais é que investir nisso mesmo. Vai fundo!

Eu só tenho uma ressalva, cara.

Porque o negócio, Polaco, é que eu não sei se essa história toda é a coisa mais adequada como motivo pra essa tua decisão de se dedicar à literatura de repente. Ou vice-versa. Se é que dá pra me entender aqui.

Não sei se aquele incidente, se aquele teu trauma com aquela história toda vai se resolver com isso. Aquilo tudo aconteceu, meu. E por mais que eu saiba que deve ser foda você conviver com aquela memória, talvez o melhor mesmo seja você tentar seguir a tua vida e usar esse tempo da tua licença psiquiátrica pra, sei lá, viajar, espairecer mesmo. Ficar *repisando* aquilo, tentar ficar se pondo no lugar e na cabeça daquele menino não sei se vai ser o que vai te fazer bem. Não sei se a literatura serve pra isso, Norton. E não sei se no teu caso essa experiência pode ser a mais indicada.

Pô, você passou três dias praticamente em choque depois daquilo. Semanas sem conseguir pôr o pé direito no chão porque ficava sentindo o piso se estilhaçando. Você moveu mundos e fundos pra descobrir o que aconteceu com o menino e ninguém sabe de nada. O guri desapareceu, e até a história daqueles carinhas que te acharam na rua, a história toda de que os outros malacos levaram ele embora, pode tudo ser balela. Por tudo que a gente sabe o guri pode ter saído andando dali. Machucado, claro. Mas até andando.

Eu sei que você aquela vez me disse que mesmo que a tua cabeça não tenha ficado cem por cento em ordem o teu corpo nunca ia esquecer a sensação daquela pancada. Eu não estou duvidando. Só estou questionando se essa tentativa é o que pode te ajudar mais.

A gente só está preocupado é com você, polacóski. Só isso.

Pode, sempre, contar com a gente.

E pode mandar mais contos!

Eu fico aqui esperando que esse comentário (e esse e-mail enorme!) não te deixe puto comigo. E torcendo pra você se pôr de pé logo e voltar pra universidade, praquelas quadras de vôlei e pra vida de verdade. Eu e a Marcela.

Beijo grande pra você, pra Mônica e pra Lu.

Wilder

Juvenal (in memoriam)

— Aquele que tava sempre de camisa branca?

— ...

— Então não sei. Achei que era o tio da camisa branca. Sempre achei. Engraçado, isso...

Bienal (S. Med. pat. req.) 1

Homo *(?)-ens

A ser instalado em qualquer ponto de circulação. Corredor, passagem. Nenhuma necessidade de espaço reservado ou isolamento.

A]

Reprodução em escala grande (2,40 x 1,25 metros) de fotografia digital de alta resolução (ao menos 8 megapixels seriam aconselháveis) da superfície frontal de um aparelho de controle remoto do padrão mais comumente oferecido pelas operadoras de tevê a cabo na cidade em que se realize a exposição. Como no entanto ficará claro a seguir, é mais provável que o controle tenha de refletir o padrão de alguns anos antes, caso tenha ocorrido qualquer mudança.

É fundamental que o controle a ser fotografado tenha sido efetivamente utilizado durante um considerável intervalo de tempo, preferencialmente por uma família.

Tal situação acarretaria por necessidade ao menos duas características que seriam centrais para o efeito pretendido pela obra.

1. Um padrão de desgaste (brilho ou descoloração) em torno dos botões correspondentes aos números dos canais mais assistidos pela família, o que, no caso de famílias numerosas e complexas o suficiente, costuma gerar padrões algo variados, conquanto ainda nitidamente observáveis. O mais desejável seria mesmo que se pudesse encontrar um aparelho (o que não deveria ser assim tão difícil) em que alguns números estivessem mesmo total ou parcialmente apagados pela pressão contínua e repetida dos dedos ao longo dos meses/anos.

2. Padrões de depósito de restos de alimentos e de poeira nas demais áreas do controle, usualmente no interstício entre os botões de borracha e o painel plástico em que se gravam os números.

É recomendável que se monte a plotagem final da imagem sobre tela de *backlight* de iluminação pouco menos forte que o normal, gerando, desejavelmente, efeito semelhante ao que se conseguiria com a ampliação de uma fotografia produzida com negativos individuais de tamanho customizado. (Choque tecnologia x valorização da estética vintage.)

O quadro da foto deve ser todo tomado apenas pela face do aparelho.

B]

Caixas sonoras ocultas em disposição *surround* (com potência suficiente para amplificar o som de modo a fazê-lo audível a não menos de 20 metros do ponto em que se encontra a imagem ampliada). Das caixas projeta-se a gravação (em *loop* contínuo de não menos de 10 minutos de duração) do som ambiente da praça de alimentação do shopping center ou centro comercial mais movimentado da cidade em que se realize a exposição.

A gravação deverá se realizar preferentemente em dia de movimento elevado, durante a hora do almoço (seja ela qual for, em cada cidade), idealmente através de um microfone posicionado no alto (talvez misturado aos *sprinklers* anti-incêndio, o que lhe forneceria quase nula conspicuidade), ou de diversos deles, que virão a ser mixados a ponto de se poder perceber com certa nitidez contra o ruído branco da conversa intermitente e contínua dos frequentadores e dos sons dos talheres e pratos de metal ou de plástico, das embalagens de papel e de plástico que se rasgam e dos eventuais sons ingestivos ou digestivos que se possam insinuar, os sinais sonoros (com certa nitidez, cf. supra) com frequência utilizados pelos restaurantes para anunciar a mudança de senhas em seus sistemas luminosos de comunicação com os clientes.

Caso não se encontre o ambiente propício à gravação na cidade em que se realize a exposição (apesar de tal possibilidade eliminar um pouco do pretendido efeito de individualidade que a obra almeja alcançar, por exemplo, negando-se a enviar uma imagem previamente digitalizada de um aparelho qualquer de controle remoto*), há, de posse do artista, um *loop* gravado em sua cidade natal que ele, de qualquer maneira, considera de alguma maneira inadequado, talvez pelo fato de que uma das referidas campainhas sonoras reproduza à perfeição (o que talvez não seja percebido pela maioria do público, no entanto) as três primeiras notas da canção "Chega de saudade".**

---

* A primeira montagem utilizava a imagem do aparelho da casa da família nuclear do artista.

** Tom Jobim e Vinicius de Moraes.

Der Leiermann

O pai dele roncava. Mesmo. Assim tipo vigorosa, trepidante, tonitruantemente.

O pai dele roncava a noite toda.

Trocentas vezes, menino, lembra de ter levantado, sei lá, pra ir ao banheiro, e de passar pelo quarto dos pais, que ficava no caminho, totalmente acachapado pelo poder daquele som. Uma britadeira. Metralhadora. Uma furadeira em coluna de concreto. O corpo dele estremecia ali no corredor. E ficava pensando como era que a mãe conseguia, literalmente, dormir-se com um barulho desses. Daqueles.

Nem conseguia imaginar se pro sono dela era melhor ou pior o fato de, como todo ronco, aquilo vir em ondas. Será que um fundo contínuo, por mais que estrondoso, não tinha mais chance de se transformar em alguma espécie de fundo de verdade, de paisagem sonora que ela, que nem aquela história de quem mora do lado de catarata, que ela um dia fosse deixando de perceber?

Será que uma motosserra permanente ao lado da cama não podia ser menos perceptível?

Mas *aquilo*?

Aquela coisa que alternava silêncio profundo e trombones beethovenianos?

E não era, ao menos com o pai dele não era mesmo, uma questão de ritmo de respiração. Tipo entra quietinho e sai trepidante. O pai dele alternava períodos razoavelmente longos de silêncio com explosões arrasa-quarteirão. Ele, menino, ficava inclusive pensando por quê.

Porque não era toda entrada de ar que causava o ronco. Por que o pai dele não roncava que nem o Pateta nos desenhos? *Entra*, sai!, *Entra*, sai!

Ali parado no corredor esse pasmo só se somava ao outro, da resistência do sono da mãe. E tudo parecia quase surreal.

Ele dormia de porta fechada, desde cedo. Pra poder ficar no videogame antes de ir pra cama e não atrapalhar os outros. Mas mesmo assim era de estranhar, no fundo, que o ronco não atrapalhasse até o seu sono. Que dirá o da mãe. Coitada.

Só depois, bem depois, quando começou a estudar o assunto, é que ele ficou sabendo que a coisa era bem mais aterradora. Que na verdade era, sim, um ritmo de entra-e-sai do ar que determinava o estrondo. Mas que a questão é que esse tipo de ronco monstro normalmente está ligado aos tais episódios de apneia do sono. Ou seja, que os longos silêncios entre os terremotos de fato significavam que o pai dele *não estava respirando*. Que o trato respiratório dele estava todo fechado, travado pela queda do palato, impedindo que ele respirasse.

E que a pressão, literalmente, e a angústia do pai iam crescendo até o momento em que num esforço rasgado ele puxava um monte de ar de uma vez só, forçava a passagem pela garganta, respirava, e roncava. Como naqueles sonhos em que você está debaixo d'água, tentando chegar à superfície, desesperado pra respirar, só porque no fundo (no fundo?) está é dormindo com a cara no travesseiro.

Só que mais, bem mais desesperador.

Ele hoje agradecia por não saber disso na época. A experiência toda já era suficientemente traumática só pelo barulho e pela preocupação (desnecessária, ao que parece: a mulher dormia que nem uma pedra) com o padrão de sono da mãe. Se tivesse que ficar torcendo, em todos os intervalos de silêncio, pelo bom sucesso das armas diafragmáticas do pai contra o bloqueio das vias respiratórias superiores, se soubesse que cada uma daquelas interrupções, mais, menos longas, representava uma pequena morte, uma suspensão da coisa mais sinônima de vida, corte do ar, da respiração, e se suspeitasse que a irrupção do grito de ogro era o equivalente de um brado de triunfo contra a mão pesada da morte por sufocamento, ele nunca mais ia ter conseguido dormir em paz.

Nunca mais.

Hoje lembra com arrepios dos vários episódios em que o pai pegava no sono no sofá da sala, em pouco tempo começava a estrondar e, de repente, depois de um silêncio de talvez vinte, talvez trinta segundos, soltava um quase urro trepidante e simultaneamente acordava de susto. Eles riam.

Eles *riam*...

Acordou de tão barulhento que estava!

Mas não. Ele hoje sabe que naquele momento, naqueles momentos todos, o pai estava era acordando como quem sai de um sonho terrível. Um sonho em que a morte está sentada no teu peito, com a mão na tua boca. Rindo também.

Eles riam. Imagine acordar daquilo, e ser recebido como uma piada.

Ele hoje tem cinquenta e sete anos. Não ronca. Nunca roncou.

Depois de sair de casa, a questão do ronco do pai deixou de ser uma preocupação. O troar do pai foi sumindo, digamos assim, da sua lista de prioridades.

Ele nunca teve um namorado que roncasse, nunca ouviu de qualquer deles alguma reclamação sobre roncos e estrondos. Nada. O assunto simplesmente foi se esvaindo da vida dele.

Dele que, diga-se de passagem, sempre dormiu mais do que bem, muito obrigadx, mais do que o suficiente. Nunca lembrava de ter acordado cansado, cianótico, com olheiras, com qualquer dos sintomas que podiam acusar a presença renitente da apneia noturna. Sintomas que, com um ou outro grau de consciência, ele ainda monitorou (mas cada vez menos... cada vez menos) por vários anos, especialmente nos períodos em que morou sozinho, sem ninguém que pudesse avisar se ele roncasse.

Ele não ronca.

(Naqueles anos em que morou sozinho, seu conforto era pensar que se roncasse como o pai, os *vizinhos* podiam vir avisar. Meu, o porteiro do prédio ia ouvir!)

Mas ele não ronca.

Há dezessete anos ele mora com o Ernesto. Eles estão muito bem. A vida, toda, corre muito bem. Os dois trabalham, têm trabalhos diferentes, se veem pouco durante a semana, dormem tarde, acordam cedo. Mesmo o maior tempo que passam juntos, dormindo, podia ser maior, eles reclamam. Mas a vida vai bem. E eles sempre podem compensar nos

163

domingos a ausência mútua durante a semana. E compensar as horas de sono, diga-se de passagem.

Compraram uma cama imensa, que ocupa praticamente todo o quarto em que dormem. De porta fechada, com blecaute na janela. Um quarto pequeno que vira quase um teto para aquele latifúndio king size que foi decisão do Ernesto, mas de que ele não se arrepende.

Eles dormem numa cama com paredes, praticamente. E teto. Quase uma cama antiga, de dossel. Ou uma cripta. Ou uma cripta...

A cama antiga, que era dele antes de os dois decidirem casar, não era adequada por dois motivos. Primeiro, porque o estrado antigo de madeira era extremamente ruidoso. Qualquer movimento gerava um desagradável barulho rangente que, indefectivelmente, atrapalhava o sono do outro. Do que não tinha se mexido.

Levantar para ir ao banheiro de madrugada (coisa hoje mais frequente, *hélas*) sem acordar o Ernesto, nem pensar.

Mas mesmo que fosse mais nova, mais quieta, aquela cama estaria com os dias contados por causa do tamanho. Era uma cama de casal das antigas, metro e quarenta de largura e, por mais que ele gostasse da constante proximidade do Ernesto, física, ali do lado, sempre ao alcance de um roçar da mão, esse aperto também fazia com que a movimentação, a acomodação constante de um deles acabasse por acordar o outro, às vezes inúmeras vezes, durante a madrugada.

Eles não eram exatamente miudinhos.

Nada disso teria sido motivo suficiente, ainda, para ele trocar a cama. É preciso dizer.

Mas a questão é que o coitado do Ernesto tinha um sono levíssimo e, depois que acordava, imensa dificuldade para voltar a dormir. Não era apneia, mas o Ernesto sim, vira e mexe acordava cansado, com olheiras, pregado, porque o sono da noite toda tinha sido picado, atrapalhado, raso, insuficiente.

Nos piores dias (nos piores meses!), a vida do Ernesto podia ficar bem pesada. O trabalho sofria, a concentração dele desaparecia, simplesmente.

O sono era uma das maiores preocupações do Ernesto e, a cada ano que passava, virava um fardo maior na vida dele. Por isso que a troca da cama, o aumento do tamanho e a diminuição dos ruídos não o incomodavam e, na verdade, viraram uma vantagem. Ele podia dormir sem a neura de estar o tempo todo podendo atrapalhar o sono do Ernesto. Podia (depois de ter decidido manter constantemente lubrificadas as dobradiças da porta do quarto) podia até levantar de madrugada para ir ao banheiro sem medo de despertar o pobre do insone potencial ao seu lado.

A cama king é uma aliada.

Só que a idade está chegando. O próprio fato de que aparentemente a capacidade que o Ernesto sempre teve de contornar, de lidar de alguma maneira com aquele ritmo precário de sono está diminuindo, está se provando insuficiente, é testemunho definitivo desse outro dado incontornável.

Os dois estão ficando velhos.

Eles conversam sobre isso, claro. Mas, da mesma forma que conversavam sobre as primeiras fragilidades da memória, por exemplo, aos quarenta, e atribuíam direto essas coisas todas à velhice, eles agora parecem ter percebido, tacitamente, que o envelhecimento está deixando de ser uma piada. E, por isso mesmo, é só como piada que tendem a tratar do assunto. E só para lembrar o lado bom, o consolo, o conforto de estarem juntos, de não estarem como certas bichas velhas tristes e ridículas que conhecem, que ainda têm, ou acham que têm, que ficar correndo atrás de menininhos, e de se fazerem atraentes para os menininhos.

Eles estão fora do mercado. Estão juntos. E envelhecem juntos.

Ele, hoje, é quatro anos mais velho do que o pai quando morreu.

Ele ainda não ronca.

Mas agora não pode mais se satisfazer com isso. A ausência de prova, afinal, não é prova de ausência. E, acima de tudo, não implica a permanência da ausência.

E se ele passar a roncar?

Ele pode levantar em silêncio para ir ao banheiro. Leva no mínimo o dobro do tempo necessário para sair da cama, ir até a porta, abrir com o maior cuidado, seguir pé ante pé ante pé até o banheiro etc. etc. etc. No mínimo o dobro. Com o maior cuidado do mundo.

Pode confiar que, mesmo que se mexa durante a noite, a extensão do feudo king e a divisão da cama em dois colchões independentes vão garantir que o risco de o Ernesto acordar por causa dele é diminuto. Eles, hoje, até usam edredons separados. Cada um o seu.

Ele pode dormir tranquilo. E dorme.

Mas nos últimos anos (quatro?) a preocupação foi surgindo. Foi voltando. E ele passou a ficar minutos acordado toda noite, logo depois de eles apagarem a luz, pensando o que representaria a possibilidade de ele começar a roncar.

Porque seria o fim, sabe? O fim de tudo.

Ele entende muito bem, como qualquer um entenderia, que essa possibilidade aumenta com a idade. E ainda aquele antecedente paterno. Aquela tendência. Não é que pense que o casamento dos dois pudesse acabar por uma coisa dessas. Longe disso.

Imagina.

Seria o fim da picada…

Mas tem muito medo de ser ele o fator de piora da vida já complicada do Ernesto por causa da falta de descanso. Não quer ser o elemento que estrague ainda mais as noites (e os dias) dele. Eles já tiveram, claro, seus altos e baixos. Já brigaram, já romperam. Mas sempre voltaram. Ficaram sempre juntos. E agora contam com isso, inclusive, precisam muito. Cada vez mais.

Não é que ele pense uma coisa dessas. Do que ele lembra é da coitada da mãe, viúva, sofrendo a vida inteira com aquilo.

Mas e o medo de virar um tormento? De virar uma tortura, de que cada noite de sono se transforme num pesadelo, de que cada manhã possa trazer a primeira reclamação, o primeiro comentário delicado que revele que ele está roncando, que o Ernesto acordou por causa do estrépito e nunca mais conseguiu dormir. E o medo de que ele possa começar a qualquer momento a fazer, sem consciência, sem nem saber, uma coisa que torture o Ernesto? Sem nem saber: isso é que é o mais terrível.

Ele ia ter que ouvir do Ernesto, de olhos pesados, cansado, de manhã cedo.

Isso vem de uns anos, só piorando. Vem de mais ou menos quando ele percebeu que mesmo com as duas corridas semanais e a rotina de sempre subir escadas (nunca elevador) e de manter uma alimentação legal e tal, que mesmo com tudo isso, enfim, a barriga estava começando a crescer. Ele estava tomando banho e se deu conta daquele volume invasivo, daquela coisa pendente. O Ernesto estava escovando os dentes. Ele deu dois tapinhas na nova pança quando viu que o Ernesto estava olhando o seu pasmo e, leviano, disse "é a veiêra".

Comentário não veio.

Nenhum.

Pelo box embaçado e sem óculos, ele até teve a impressão de um sorrisinho. Mas comentário não veio. E provavelmente foi o silêncio, ou a ideia implantada por aquele silêncio, de que o Ernesto tinha visto menos graça naquilo do que ele... provavelmente foi isso que detonou na cabeça dele o peso de estar ficando velho de verdade e, praticamente ao mesmo tempo, o medo de roncar. A barriga do pai.

Velhice, ronco, morte.

A morte.

A partir dali ele começou a controlar obsessivamente o peso, aumentar a rotina de exercícios, parar de comer qualquer coisa doce. Até o vinho ele foi diminuindo quase sem o Ernesto perceber, porque era afinal o único momento tranquilo, só deles, na semana toda. Aqueles fins de tarde.

O excesso de peso é um dos fatores mais clássicos. Na apneia do sono. No ronco. Na queda do céu. Da boca.

Mas não parou nisso.

Leu em algum lugar que fortalecer os tais dos *core muscles* melhorava geral a respiração, e pensou que isso não podia deixar de dar uma mão. E toca fazer aulas de pilates, a fazer pranchas antes de dormir. Tudo ou meio escondido do Ernesto ou roubando tempo de convívio dos dois.

Com as corridas, a academia (pra manter alguma massa muscular), o pilates, mais o trabalho, eles se viam cada vez menos. E ele, ainda, chegava cada vez mais podre em casa, queria ir dormir mais cedo, dormia mais pesado e, com isso, entrava menos e menos consciente naquele território desconhecido, onde podia estar se transformando cotidianamente no suplício mais temido.

Sem saber. Sem saber.

Ele apagava, exausto, mal tendo consciência da presença do Ernesto.

As providências podiam estar funcionando, mas ampliavam o tamanho do desconhecido de cada noite de sono. E à medida que o Ernesto dormia cada vez pior, dormia cada vez menos, essa rotina o deixava cada vez mais cansado, cada vez mais em forma, cada vez mais descansado toda manhã, depois de um sono absolutamente tranquilo, profundo, que agora era como um mar, negro, fundo, insondado, entre dois momentos de profunda angústia, pois logo antes de dormir era só o medo de roncar que o mantinha ainda acordado enquanto tentava mentalizar e fazer exercícios respiratórios em silêncio. Enquanto pressionava pela décima milésima vez a língua contra o palato, empurrando para trás, o melhor exercício contra papada (bônus!) e contra a flacidez do trato respiratório.

E toda manhã era um horror, do momento em que abria os olhos (sempre já sozinho na cama) até o fim do café da manhã, enquanto esperava ver surgir no rosto cansado do Ernesto a motivação para ele comentar, pela primeira vez, amor, você precisa ver isso do teu ronco.

A cada dia. Todo dia.

Ele dormia bem. Cada vez melhor com tudo isso, por causa de tudo isso. Mas e o medo?

Tinha certeza de que um dia ia acordar com o peso do monstro sentado no peito, sufocado. Como o pai. Anos antes. O desespero. O urro.

Porque e se não acordasse?

Você, que está vivo

Eles não sabiam mais o que fazer.

Ela levantou para pegar mais um café da máquina novinha.

— Quer mais um também?

— Quero sim, amor. Brigado. Pode ser.

— A noite já foi pras cucuias mesmo...

Ele ficou olhando pela janela, pela mínima fresta de janela que as cortinas duplas e pesadas ainda lhe concediam. E que lhe permitia na verdade ver apenas a parede do outro bloco. Mal daria pra perceber se estivesse chovendo. Mal dava pra ver que era um mundo, lá fora.

O barulho meio ferroviário da máquina e o cheiro carinhoso do café.

A luz da cozinha apaga e volta ela.

— Brigado, amor.

Eles não sabiam mais o que fazer. Era a terceira vez neste ano letivo em que chegavam as mesmas reclamações da escola do Ti. E era abril.

E era só *este* ano letivo. Porque a coisa toda tinha começado, e tinha começado a dar mostras de que não iria embora assim com essa facilidade toda, ainda no ano passado. (Se bem que já no fim do ano retrasado aquele negócio com a filha ali dos caras da locadora... aiaiai... ele tinha dito, mas já era má vontade. Ela sentia que já era má vontade. Só que quantidade nenhuma de boa vontade a essas alturas, depois desse tempo todo e de infindáveis e inumeráveis reuniões com "gestores", "psicólogos", professores e pais de colegas, seria capaz de lhe dar a força a mais que possibilitasse ainda presumir que se resumisse tudo ali a má vontade. O problema estava lá. O problema era ele. O Atílio.)

— Eu não sei mais o que fazer.

Ele estende a mão e penetra com os dedos o cabelo dela, da nuca para a cabeça, como sempre. E ela não quer. Ela não quer mas fecha os olhos. (De repente pensa que de repente o que mais está pesando agora, nessa desorientação de agora, é ter que finalmente aceitar depois de um ano inteiro ou mais dessa tortura, dessa encheção de saco, que afinal não era só má vontade. Que não explicava; não explicaria. Que ele tinha razão sobre o filho dela. Deles.)

Porque então é isso. Ele estava certo. Certo o tempo todo. E eu fico com raiva por ele ter estado certo. Claro que fico mais com raiva, com mais raiva, porque o problema existe mesmo, e claro que não foi ele, nem ele estar certo, que inventou o problema. Mas puta mesquinharia, né? Se o problema estava lá, se ele sabia, se tinha percebido ou acreditado nos outros todos que já diziam que o problema estava mesmo lá, e ele aí me dizia isso tudo, e estava certo. E eu estava errada, por que é que eu tinha que ficar brava com ele. Se.

E, quer saber? Acho que ele nunca esfregou isso de estar certo na

minha cara. Nem antes nem agora. Porque aí eu até podia ficar puta.
Se ele tivesse. Mas não. Mas nunca. Filho da puta.

E aí o que acontece é que eu fico mais puta é comigo mesma. Por
não ter dado ouvidos, claro, antes. Mas agora. Por continuar meio que
ficando com vontade de ficar puta com ele. Raiva do meu reflexo de
raiva. Porque a gente tá junto nessa, né?

— Nem eu, amor. Nem eu.

— ...

— A gente nunca lidou com uma coisa dessa, né?

Ela dá um meio sorriso.

— Parece que no nosso tempo nem *tinha* essas coisas.

Ele toma o café. Dá um beijo no rosto dela, tira a mão do
cabelo. Sai pelo mesmo caminho por onde entrou. Para não
alterar nada da desordem. Respira fundo, olha de novo pela
janela.

Se ela tivesse percebido essa frestinha da cortina já tinha fechado.
Ou pedido pra eu fechar. E ia ter razão, né? Só que nem dá pra ver
nada ali. Mas colocar as coisas no lugar sempre faz bem. E ela tem
razão. Deixar as desordens em ordem, ela diz. E eu nunca entendi.
Ou gosto de fingir que nunca entendi. Deixar as coisas na desordem
em que elas estão, organizadamente desorganizadas. Ou impor uma
ordem às coisas que estão em desordem.

Mas acho que ela sabe. Acho que ela entende. E ela não viu a
desordem. Só isso já é estranho. Será que eu levanto pra ir fechar?
Acho que é melhor ficar aqui. Ela ia ficar "abandonada" bem agora.
Ela acha que eu acho que ela acha que eu estou contra o Atílio. Que
ela está na posição de defender a cria, e eu sou o advogado malvado
do diabo. Se bem que...

E ela tem razão. No fundo, ela tem razão. Foi isso mesmo que eu
fiz. E foi isso mesmo que eu fiz mais quanto mais eu achava que ela
achava que era isso que eu estava fazendo. Porque eu estava puto.
Com ele, comigo. E com ela. Porque ela fingia que não via.

Mas claro que via. Claro que sabia.

E se eu não tivesse sido tão anta eu tinha dito isso mesmo. Assim mesmo. A situação é essa. A dele e a nossa. Mas não. E ela nunca me acusou.

— Wagner, como que é que pode ele ser assim?

— Assim como, amor?

Juntos

Isso. Vem aqui comigo. Olha ali. Não. Só tem os dois aqui. Só eles. Acho que desde... sempre? Só os dois. Ali na sala. Isso. O piano. É. É. Pode. Mas é assim que eles fazem. Pequenininha ela às vezes ia pegar ele pela mão, levava até o piano e erguia as mãozinhas pedindo pra ele erguer. Ele fica tocando e ela ali deitada. Por isso que ele nunca deixa nada em cima do piano. Vaso de flor. Porta-retrato. Antes tinha a foto da mãe dela... É estreito. Mas ela é magrinha. E fica ali bem tranquila sem travesseiro nem nada. Bonitinha, né? Pantufa, flanela e aquela faixa que ela adora usar de enfeite na cabeça. É. Normalmente assim. De olho fechado. Ele tocando. Inventando, acho. Quando toca mais alto ela às vezes abre o olho... Parou. Dá pra ver a espera no rostinho dela. Ele sorrindo sozinho enquanto faz suspense. Nossa... bonito. Por isso o sorrisinho dela, ainda de olho fechado.

Não.

Não.

Nada.

De nascença. Surdez profunda.

Duas histórias sentimentais e um grito desesperado

1.

— Eu não sei. Eu não lembro direito. Acho que era num livro. Alguma coisa que eu li tem um tempinho já. Um romance, acho que era. Acho que era um romance. Mas nem era uma coisa assim muito central. No romance. Era meio que um detalhe, uma ceninha que aparecia assim meio no meio da história. Uma coisa meio tipo lateral. Detalhe. Mas pra mim não é. Não foi quando eu li. E continua não sendo. Tanto que… isso. Tanto que é tipo a única coisa que eu lembro de um livro que eu nem lembro qual que era. Foi a coisa que me ficou. Que me marcou mesmo. Apesar de ser lá essa cena meio lateral, meio desimportante assim no esquemão geral do romance todo.

Era uma cena de um encontro. Tipo de um primeiro encontro de um casal. Primeira vez que eles saem juntos e tal. E acabam na casa de um deles. Eu não lembro direito de quem. Assim, na casa de qual dos dois que eles acabam indo parar.

Mas acho que era na casa dele. Do cara. Era um casal de homem-mulher mesmo. Era um livro mais antigo, será? Pra eu nem pensar que podia ser outro tipo de casal... Não sei.

Mas era assim. Eles saem. Sei lá, tomam um café, ou assistem a um filme. Ou as duas coisas. Não sei. E nem era relevante, na verdade. E especialmente não é relevante agora, pra isso que eu estou querendo te contar. Pra isso que no fundo é menos a história lá do tal livro que eu nem lembro qual livro que era e muito mais essa história de uma coisa que eu lembro, que me tocou, que me pareceu importante, e que a essas alturas pode até que já seja mais uma história minha mesmo. Nem do tal livro mais. Mas existe, certo? A história.

Que aí eles saíram, nesse encontro, e fizeram lá o que eles fizeram. Porque o importante vem depois. Quando eles vão pra casa dele. Porque vai ser a casa dele, já que a história a essa altura é minha mesmo. E é assim que eu lembro. E é assim que me parece mais... sei lá. Mais certo. Pelo impacto que teve.

Porque eles chegam na casa dele e, sei lá, sentam pra tomar alguma coisa. Uma taça de vinho, meio deitados assim tipo no tapete da sala. Se bem que isso eu acho que eu até tirei na verdade de outro livro. Essa cena do tapete. Pode ser outro livro.

Mas eles meio que se acomodam e tal... Naquela tensão ali de saber o que que vai rolar ainda naquela noite. O que que eles querem que role. O que que eles esperam... Essas coisas. Meio tenso. Mas eles estão bem. O encontro foi legal e tudo. Está tudo legal.

E de repente ela, a "visita", começa a demonstrar lá uma certa tensão diferente. Um incômodo. Um mal-estar e tal. E ele percebe. Não tem como não perceber. Ela está toda meio que se mexendo no lugar, irrequieta.

Aí ele pergunta se alguma coisa está incomodando ela.

Ela demora, ela enrola um pouco. Envergonhada, envergonhada, envergonhada… E aí, quando ele pressiona um pouco, bem delicado e tudo… Superdelicado ele. Super. E quando ele pressiona ela tem que admitir. O porquê.

"Eu tenho que usar o banheiro", ela diz.

Ele sorri. Ele é bem delicado mesmo. Porque, tudo bem, eu sei. A essa altura a história já é minha mesmo. Se eu mal lembro o nome do livro, como que eu posso lembrar se o cara sorri ou não. Ou se o tapete era branco. Ou se o tapete branco e o vinho eram de outro livro (será que era uma série?). Mas ele sorri. Ele sorri e diz que nossa, que imagina, que não tem por que ficar sem graça. Que o banheiro fica ali no corredor. E tal.

Mas ela não se mexe. E continua irrequieta. E de cabeça baixa. E o cara, o cara superdelicado, ele pergunta de novo o que foi. O porquê. E ela diz que… ela não quer dizer com todas as palavras. E ela fica contornando o assunto, e usando eufemismos e tentando não mencionar e tal. Mas o negócio é que eles comeram alguma coisa. É. É isso. Não foi cinema com café. Eles saíram pra jantar. E comeram bastante. E estava bem bom. E era até por isso que eles estavam nesse clima meio lento e meio satisfeito de quem acabou de fazer uma refeição bem boa. Mas pesadinha. Pesada.

E ela tem que "ir ao banheiro", assim meio entre aspas mesmo. Com outro sentido.

Ele demora um tempinho pra entender, mas o.k. Ora. O.k. Tudo bem. Pode ir. O banheiro fica ali no corredor e tal. Mesma coisa.

E é aqui que o constrangimento dela não tem mais por onde escapar. É aqui que ela levanta um pouco os olhos da taça de vinho (se é que era nessa história, a taça de vinho) e diz de uma vez. "O problema é que eu não consigo ir quando tem mais alguém em casa."

O apartamento dele era pequeninho. Não tinha como ter privacidade de verdade.

Aí ela começa a levantar. Triste. Contrafeita, acho que é a palavra. Mas a questão é que não tem jeito. Ele está ali meio vidrado, sem reação, na frente dela. Mas não tem solução. Ela vai precisar chamar um táxi e ir pra casa. Acabou o encontro. Por causa dessa coisa dela. De não conseguir "ir ao banheiro" quando tem alguém por perto. Que eu super consigo entender. Apesar que eu não. Mas dá pra entender. Isso dá.

Acabou o encontro.

Só que aí ele levanta. Decidido. Decidido e delicado. E ele desce. Ele sai do apartamento, desce quatro andares de escada (eu que decidi que são quatro, o.k.? E eu que decidi que não tem elevador), atravessa a rua e espera. Ele disse pra ela que só vai subir depois que a luz do banheiro apagar. Dá pra ver lá do outro lado da rua.

E ele desce os quatro andares e fica esperando. No frio. Encostado num poste. Enquanto ela usa o banheiro da casa dele. Só pro encontro não acabar.

É isso.

É só isso.

Eu acho lindo. E foram felizes para sempre.

Definitivamente.

2.

É sempre difícil. Quando eu era novo, eu lembro de ter pensado isso trocentas vezes. Lembro de olhar pros meus colegas de escola... pra "certos" colegas de escola, especialmente, e de pensar como devia ser. Como será que seria? Ser burro. Não entender as coisas. Porque as professoras falavam as coisas e eu entendia. E aí aqueles sujeitos faziam umas perguntas não só de quem não tinha entendido alguma coisa, mas aquelas perguntas que tipo deixam mais do que na cara que a pessoa não entendeu nem o suficiente pra poder fazer alguma pergunta que possa ajudar a entender num futuro breve, sabe? Sabe quando a pessoa pergunta alguma coisa e você só fica meio "qual é!"? E eu ficava olhando pros camaradas e pensando como é que devia ser, ser burro. Não entender as coisas. Tipo ver um mundo que fala grego com você. Até eu ficar com ela. Ela foi a minha segunda namorada. Mas foi com ela que eu vi de verdade. Porque ela era, assim, com todas as palavras. Ela era "superior". Mais madura. Mais "profunda" que eu. E isso que ela é três anos e pouco mais nova que eu. Mas era. Mesmo assim. Maior que eu. Mulheres… E à medida que a gente ia convivendo, conversando, se conhecendo. À medida que ela ia descrevendo pra mim o quanto eu era tosco e tratava ela sem consideração, e passava por cima dela, meio de trator mesmo. Sem nem perceber. À medida que ela ia me explicando, cara… Efetivamente me explicando como que é isso de ser um ser humano maduro, responsável, sentimentalmente. Dando a real. Me explicando como que era tentar entender os outros, as mulheres principalmente. Aí que eu fui vendo como que era ser burro. Aí que eu fui ao mesmo tempo entendendo como era ser um dos meus colegas de escola e, por outro lado, também que no fundo eu na época da escola eu nem estava de verdade tentando entender como que era estar no lugar deles. Que era bem isso o problema. Eu não sabia tentar de verdade. Eu ainda não tinha maturidade. E não tenho agora. E ainda não entendo. Ainda fico me sentindo que nem o Funga, que era o meu colega mais tapado. Ainda fico olhando pra ela com a cara que o Funga olhava pra professora. Mas tem jeito. Tem. Ainda mês passado... ou antes. Fevereiro. Acho que foi fevereiro. Que a gente tinha brigado e tal, e aí tipo no dia seguinte, que era um daqueles dias que a briga ainda não acabou mas também não continua... uma coisa meio cinza... e eu fui pro banho. Era no meio da tarde. Tava um solzinho bom no banheiro. E eu lembro que eu pensei "deixa eu pensar". E eu fiquei o banho todo pensando, seguindo uma ideia até o fim, uma coisa atrás da outra, sondando as consequências, levantando alternativas, eliminando inconsistências. Deve ter sido um banho enorme. Mas no fim eu entendi. Eu entendi uma coisa. Uma coisinha só, nova e tipo luminosa. Eu saquei. E, mais ainda (pra você ver como eu era burro), entendi uma coisa que eu nem sabia que precisava entender. Tipo cheguei, sozinho, a uma conclusão. Sobre uma dessas coisas de sentimento. Dessas que eu sou mais burro. Agora. Sozinho. Em fevereiro, acho. Sozinho mesmo. Só que eu esqueci.

Nosferatu (3)

Nossa.

Fazia tanto tempo.

E foi ela que quis. Foi ela quem tomou a iniciativa.

Primeiro sem nem querer. Dormindo mesmo. Pôs a mão nele, deve ter sido na barriga. E quando viu, quando se deu conta... Ele dormindo ainda.

E começou a mexer. Bem devagarinho porque não sabia se queria que ele acordasse. Ela não queria acordar. Aquilo nem era de verdade. Mas começou a mexer. E começou a gostar.

E se encostou mais nele, que estava enorme. Que era um homem enorme, e ela se encolheu e meio que desapareceu do lado dele. Como que à sombra dele.

E cheiroso.

E foi quando ela quis. Foi quando ela tomou a iniciativa, foi quando tudo começou a ficar indizivelmente bom. Indizivelmente bom de novo, como antes, como sempre, como era para ser, para sempre.

Foi aí que ela começou a emitir um grito baixo. Prazer. Que cresceu aos poucos.

O castelo

— Bom dia, dona...

— ...

— Bom dia, dona... dona Insoldina, é isso?

— ...

— Ah, Inzoldina, claro. Eu que me atrapalhei aqui com a coisa do S. Desculpa.

— ...

— Então, dona Inzoldina... a senhora veio aqui por causa da aposentadoria, então. Foi isso, foi?

— ...

— Foi, né. Que bom, né? Uma hora a gente tem que dar uma descansada, né, dona Izoldina?

— ...

— A senhora está com quantos, agora?

— ...

— Uxa vida! Nem parece! A senhora está bem mesmo, hein? Fortona e tudo! Eu quando eu vi a senhora ali sentada até estranhei a bengala e tudo porque tava lá com essa cara bonita e tal!

— ...

— É. Eu sei.

— ...

— Eu sei.

— ...

— Gasta a gente, né? É um trabainho esticado... Mas me conta, dona Izolda: a senhora, então, a senhora quer se aposentar, né? A senhora truche as papelada tudo aqui pra nós?

— ...

— Os documento... a carteira de trabalho, essas coisa... só pra gente poder fazer a contage aqui do tempo que a senhora trabalhou... pra poder dar entrada nesse negócio da sua aposentadoria, daí...

— ...

— Desdos sete, oito, dona Izoldinha? Crendiospai! Então a senhora tá indo já pra quase sessenta ano de trabaio, hein? Tem tempo, hein, muié! Por isso essa carinha de cansada aí, né? Que ninguém é de ferro também né, dona Izolda, nin-guém-é-de- -fé-rro! Mas então. Nesse tempo tudo aí a senhora trabaiou bastante de carteira assinada, de empregada mesmo com alguém por aí ou foi mais na sua terra que a senhora lidou?

— ...

— Sei. É, roçar a comida da gente mesmo parece que não conta, dona Izolda. Mas esses trabaio que a senhora fazia, de coieita, de empregada de casa, de babá dos fio dos outro, esses a senhora não tem como comprovar? Assim no papel?

— ...

— No papel mesmo, dona Izolda.

— ...

— Eu sei. Eu sei que na roça é assim mesmo. Eu sei. Eu sei.

— ...

— ...

— ...

— Deixa ver, dona Izoldina, deixa ver...

— ...

— A senhora quer um copinho d'água?

— ...

— Olha, dona Izoldinha. Inzoldinha, né? Olha. A questão é assim, que a gente normalmente precisa é da carteira, que é pra poder provar que a senhora contribuiu esse tempo todo. Esses sessenta ano quase aí.

— ...

— Não. Porque... porque a coisa é que pra senhora se aposentar precisa ter contribuído... é assim meio igual cofrinho, sabe? Quando a senhora trabaia com carteira assinada, de verdade, tem um pedacinho do dinheiro que não vai pra senhora, mas fica com o governo, pro governo guardar e cuidar direitinho e aí devolver pra senhora na aposentadoria.

— ...

— Eu sei que a senhora precisava do dinheiro tudinho nesses ano. Eu sei. Todo mundo precisa. Mas é que o governo aí não pode pagar a aposentadoria da senhora se a senhora não guardou esse dinheiro no cofrinho, assim embaixo do colchão, a bem dizer, sabe? O governo malemal tem dinheiro pra pagar quem contribuiu, dona Olinda.

— ...

— Agora, aqui, na roça aqui a gente sabe que tem muita gente aqui bem que nem a senhora. Gente que trabaiou duro, que carpiu terra cascuda a vida inteira. Gente que mas não tem a tal da carteira. Certinha, assim.

184

— …

— Tem. Às vez tem. Mas a senhora tem que ter alguma coisa pra me mostrar, dona Izoldinha. Alguma coisa… Algum papel… não vou nem perguntar se a senhora contribuía de autônama…

— …

— É, né? Eu imaginei mesmo.

— …

— Não. Não precisa não. Nem vale a pena agora. Agora não.

— …

— Sessenta e oito, né?

— …

— Nenhum documento. De nada. A vida inteira.

— …

— A senhora tem quem cuide da senhora em casa?

Juvenal (in memoriam)

Pessoa mais normal do mundo. Nunca me disse um A. Votava nele, até, se fosse o caso. Foda era o mau hálito, só.

Käfer

— Sabe aquelas cenas de filme de ficção científica?

— ...

— Normal... Sabe?... Pô, que que custa?

— ...

— Imagina assim. O cara foi tipo abduzido no meio de uma estrada de noite. Aí o público, claro, viu botarem ele no disco voador, decolarem e tal. Aí ele acorda na manhã seguinte.

— ...

— Manhã, meu.

— ...

— Sei lá quanto tempo.

— ...

— Certo. Té parece.

— ...

— Vamos supor que a gente tá falando unicamente do tempo psicológico. Lá do próprio do próprio cara abduzido. O tempo. É só isso que importa aqui. E na verdade é meio que já isso mesmo que eu quero te dizer, porque esse negócio do filme de ficção científica ainda não é o que eu quero te dizer aqui.

— ...

— Tem.

— ...

— Tem a ver sim. Trabalha e confia.

— ...

— Ó só:

— ...

— Isso. Aí o cara acorda e tipo não faz a menor diferença se a viagem tipo intertransgalática levou dois meses, cem anos ou dois minutos. Pra ele é a manhã seguinte. Cara, eu não acredito que eu já tô me desviando assim desse jeito.

— ...

— Aí o cara acorda e tá lá no meio da nave.

— ...

— Não.

— ...

— Sei lá eu, você não viu que é sempre assim? Que o cara acorda sozinho?

— ...

— Será que dá pra...

— ...

— Tá.

— ...

— É.

— ...

— Então. Acordou. Olhou em volta, não reconheceu nada. Aí ele sai por uma escotilha da nave e...

— ...

— Tem.

— ...

— Tem esses, também. É verdade. Que daí o cara acorda e tá tipo preso num quarto, numa cela. E imediatamente vem daí o alienígena tipo mor e fala com o cara. O que aliás dava também, até que dava mesmo, pra eu te falar uma coisa que nem ia ser assim tão diferente dessa coisa que eu quero te falar.

— …

— Mas é.

— …

— Se um dia você me deixar terminar a porra da estória.

— …

— Eu sei que eu disse que a estória não era o que eu queria te dizer mas, puta que pariu.

— …

— Alegoria. Sabe parábola?

— …

— É…?

— …

— Pô…?

— …

— Tá.

— …

— Aí o cara saiu pela escotilha, a música sobe…

— …

— É, aí eu tenho que reconhecer que você tá certo. A verdade falou pela boca de pequeno gafanhoto! A música tinha que ser do John Williams.

— Sei.

— E aí a música sobe e o que é que ele vê? (Você já reparou nessa coisa da pergunta retórica? Ih. Olha só… É, é que eu tava meio que pensando nisso, sabe? Ó… Tá vendo? De como as pessoas vivem apontando o dedo pra tudo quanto é mania e as modas na língua, no uso da língua, mas elas só fazem isso quando é com palavra. Ou uma expressão. Mas e quando é uma moda tipo retórica? Viu? A pergunta retórica tá meio que na moda... Neguinho vai dizer o que achou do filme e diz aí sabe o que que eu achei? E te diz o que que ele achou. É estranho. É só meio que um teatro de querer saber a resposta... Quando o cara, sempre, o cara quer é te dar a resposta.)

— ...

— Mas então, o cara o que que ele vê? O mundo alienígena inteiro em todo o seu glorioso esplendor etezal...!

— ...

— É. Na ficção científica mais das antigas até arriscava ele ver um deserto vermelho, no máximo com umas criaturas lá bem lonjão. Mas não é isso que faz bater o coração do moderno produtor de filmes de ficção científica, meu caro amigo. A gente meio que já passou dessa coisa que era assim a tipo infância da concepção do outro. O deserto. O estranhamento. Hoje o que era mais prototipicamente alienígena ia ser o cara ver pela escotilha uma cidade em pleno movimento. Centenas, milhares, bilhares de pessoas andando de um lado pro outro. Carros ou, sei lá, plataformas voantes e tal. Movimento. Tipo uma metrópole terrestre mesmo, mas com esse indicezinho safado que já basta pra criar o maior estranhamento que o cinema já conseguiu inventar, sabe como?

— ...

— É. No fim de contas vai mesmo. Na mesma direção de a gente ter inventado sempre uns alienígenas que são sempre meio quase iguais à gente...

— ...

— Sei lá, um ser que fosse tipo uma bolha verde pulsante

fazendo blob podia até fazer a cabeça do Roger Corman ainda, mas definitivamente não tem sex appeal pra hoje em dia.

— ...

— A gente vive obcecado pela diferença mas em escala antropológica. O alienígena pra nós é meio que nem, sei lá, os muçulmanos-bomba.

— ...

— É.

— ...

— É verdade, eles chamam mesmo. Vai ver é que por isso que são eles que fazem os filmes em qüestã!

— ...

— Então, o que realmente liga o nosso esquisitômetro de repente são esses alienígenas que são quase iguais à gente. Que os caras moram numas cidades quase iguais às nossas. Eles são mais esquisitos quanto mais parecidos com a gente eles forem.

— ...

— Sei lá. Desde invasores de corpos, né? Tipo Eles Estão Entre Nós. O nosso terror é por aí. Vem daí. Tudo bem que tem A Verdade Está Lá Fora. Mas até aí nesse caso eles estavam entre nós. Ou entre eles lá. Foi-se o tempo dos bárbaros, dos romanos, dos comunistas que comiam criancinhas... Tipo o mafioso mora na esquina, e o cara que atirou o Boeing no Onze de Setembro comprava hambúrguer até ontem na minha loja.

— ...

— É.

— ...

— O mundo dos caras verdeblob só ia causar riso hoje em dia. A gente continua equacionando o outro e o medo, mas a gente ri da ingenuidade dos caras, e das gerações inteiras, meu, que tinham medo de um outro que podia ser representado decentemente por uma bolota de meleca!

— ...

— A gente sabe que o outro há de ser sempre quase igual.

— ...

— Né?

— ...

— Mas então. Tem esse absurdo. Absurdo tipo que nem o dos franceses, dos existencialistas. Ver aquele mundo ali que é tão parecido com o nosso e que ao mesmo tempo é lá de outro planeta. E tal. Mas, pelo menos pra mim, e pelo menos hoje em dia, tem também a coisa da técnica.

— ...

— É. Da de fazer os filmes, mesmo. Porque antigamente...

— ...

— É, eu sei, antigamente é foda. Mas antigamente pra fazer uma cena dessas você ia precisar de uma multidão de extras e tal. Um bando de gente igual à gente disfarçado tudo de gente quase igual à gente. Mas que no fundo era gente mesmo. E os caras mais espírito de porco podiam ficar procurando relógio que nem nos filmes de Egito e de Roma e tal... Mas agora não. Os caras animam essas multidões.

— ...

— Não é maluco?

— ...

— Tipo Deus, véio...

— ...

— Animam, põem alma nas multidões. E agora tem uns programas de tipo inteligência artificial...

— ...

— É, eu sei.

— ...

— Mas eu acho mesmo que esse tipo de coisa eles também chamam de inteligência artificial.

— ...

— Por isso mesmo. Porque eles meio que dão uma inteligência individual de mentira pra cada uma daquelas criaturinhas de pixels que o "animador" criou. Elas se comportam meio assim tipo independentes, sabe?

— ...

— E sei lá eu?!

— ...

— Elas devem ter lá um conjunto de atos, de gestos e coisas que elas podem fazer e um conjunto de direções tipo seguir-mais-ou-menos-pra-cá e tal. Mas como, na batata, como elas vão mesmo fazer isso não é mais o animador que define, sabe? Essas criaturinhas que não são mais gente disfarçada agora meio que são disfarces de gente...? Antes eram os extras que imitavam uns seres que não existiam. Agora são uns seres que não existem que imitam os extras que imitavam...

— ...

— É. Pois é né?

— ...

— Bem louco.

— ...

— Mas então. O que me interessa na coisa toda dessa estória toda é isso.

— ...

— Que quando o cara vê, sei lá, o navoporto do filme, tem esses dois estranhamentos malucos. Que de um lado a gente tem essa sensação maluca tipo tem alguma coisa errada. E é pouco. E é um desvio pequeno, mas que já chega pra jogar a gente no outro mundo. Tem mais familiaridade que desvio.

— ...

— É. Tipo uma trissomia mesmo. E do outro lado a gente (ou eu, pelo menos) fica com essa consciência muito da peculiar de que quanto mais realista for a sequência mais artificiosa que ela foi.

— ...

— E veja só que eu tô falando de realismo pra descrever o navoporto de beta do centauro...

— ...

— Mas isso. Que quanto mais parecer de verdade mais na verdade teve uma simulação de verdade ali, e que hoje em dia isso entra inclusive na aparente randomidade dos movimentos e do livre-arbítrio de cada um daqueles personagens...

— ...

— É.

— ...

— Que tudo ali é estranho por ser quase, defeituosamente quase igual a nós. E que cada "ser" ali dentro é habitado por uma coisa misteriosa que faz com que ele "aparente" ter vontade própria. Aparente. E se você junta as duas coisas você fica pensando se a tal coisa misteriosa que anima aqueles outros da ficção não é misteriosa só porque é quase igual a o que quer que eu tenha lá dentro de mim. E que me dá a ilusão de que eu tenho autonomia. Que eu tenho vontade. E que só por ser ilusória essa ilusão é que eu acho que a coisa misteriosa é diferente. Porque o quase igual não existe. Só parece que existe porque a ficção, no fim de contas, é a gente também. Igual às criaturas. Sou eu, sabe como?

— ...

— Era isso. Que foi bem isso que eu senti quando eu parei ontem de noite no caixa do supermercado olhando aquelas pessoas indo e vindo e comprando e pagando no supermercado. Uns outros estranhos que iam e vinham com vida dentro deles e com vidas em volta e por trás e pela frente.

— ...

— Ontem de noite, ainda. Aqui mesmo na esquina.

— ...

— Montão de gente.

Tudo que restou

Depois de quinta, depois daquilo, eles foram olhar a casa, as roupas, os livros. Foram, por último, olhar o computador do professor.

Deve ter sido um momento ominoso, como ele diria. Um momento pesado. O que estaria ainda ali? Quantas pastas? Quantos textos? E rascunhos? O livro sobre obras inacabadas que ele anunciava havia quase vinte anos?

Em que estágio?

Os poemas?

Tinha publicado alguns poemas em vida. Em revistas, em jornais, quando mais novo. Nunca em livro. Mas quase todos suspeitavam que nunca tivesse parado de escrever.

Mais poemas no computador? Organizados? Soltos?

Mais contos?

Fico imaginando o frisson, a expectativa de quem apertou o botão de ligar o computador. Será que tinha senha?

E quem quer que tenha sido (eu ouvi coisas diferentes: que foi a filha, que foi uma aluna, que foi a mulher...) estava sentado ali, naquela cadeira, àquela mesa, diante daquele computador. Naquele lugar em que tanta coisa foi feita. E quanto mais ainda estaria naquele HD?

Pois o fato é que nada.

Zero.

O computador tinha sido completamente formatado. Vazio. Novo em folha.

(O que, depois de quinta, deixa tudo ainda menos claro... mais estranho...)

A filha ou a aluna, ou quem sabe a mulher do professor... essa pessoa encontrou um disco rígido virgem. A formatação, depois eles verificaram, não era aquela, a básica, que qualquer um faz e praticamente qualquer um também reverte. Ele tinha usado softwares específicos, coisa fina, tinha realmente apagado tudo, sem deixar rastros. Definitivamente.

Imagino a decepção. Depois de tudo... ainda mais depois de quinta...

E não tinha senha, aliás.

E o papel de parede era o mesmo que ele colocava em todos os computadores da universidade, quando ainda usava algum. Pozzo. O teto de Sant'Ignazio.

Parece que foi só na última hora, antes de a pessoa levantar da cadeira e desistir, que ela, essa pessoa, lembrou de olhar a gaveta da mesa. Era só uma gaveta. Única. Bem embaixo do computador.

E (já que parece que tinha sido tudo tão premeditado...) vai que ele imprimiu alguma coisa e deixou na gaveta?

Deve ter sido um momento, um segundo, que seja, bem tenso. Bem tenso mesmo.

Mas estava vazia.

A gaveta estava totalmente vazia. Limpa, nem grânulos. Fiapos.

A filha, a mulher, a aluna bateu a gaveta e desistiu. Nada de livros sobre obras inacabadas. Nada de poemas ou contos. Nada de diários. Nada. Nem rascunhos. Nem rabiscos. Ele tinha zerado tudo com alguma paciência antes de quinta.

Foi só depois, quando foram doar a mesa, jogar fora, queimar, quebrar, cepilhar... foi só quando foram jogar que alguém ali desmontando o móvel percebeu, preso entre a tábua do fundo e a que formava a base da gaveta, mais pendurado pro lado de fora que aparente pelo lado de dentro, um único pedacinho de papel envelhecido. Verde. Quadrado.

De um lado um desenho infantil do que parecia ser... um sapo...? Ou isso já é leitura posterior, por causa do texto?

Era algum bicho, aparentemente. Parecia mesmo um sapo sobre uma folha de vitória-régia. Com água em volta, uma mininuvem no canto superior esquerdo e um quarto de um sol com raios (o que lhe dava de certa maneira a aparência de uma pálpebra ciliada) no superior direito. Um desenho infantil, feito a lápis. Um desenho de criança.

De um sapo. Digamos.

No verso do papel verde e quadrado:

No canto inferior direito (o verso tinha sido composto depois de o papel ter sido virado verticalmente, e não lateralmente como uma página de livro, o que fazia com que este canto inferior direito fosse "o mesmo" que o canto superior direito do anverso: a pálpebra), o texto "gosto [linha inferior, alinhado à direita] muito de [linha inferior, alinhado à direita] você".

(Vale dizer que o papel não era pautado e que "linha inferior", aqui, é só uma maneira de representar a diagramação do texto.)

No canto inferior esquerdo, o texto "e te acho lindo!".

No alto, o texto "Pro meu mais lindo [linha inferior] Sapo [espaço em branco] meu [linha inferior, alinhado à direita] pai".

O centro era ornamentado por riscos ondulados e uma moldura que no entanto estava inacabada

ESTA OBRA FOI COMPOSTA EM MERIDIEN PELO ESTÚDIO O.L.M. / FLAVIO PERALTA
E IMPRESSA EM OFSETE PELA GRÁFICA BARTIRA SOBRE PAPEL PÓLEN SOFT
DA SUZANO PAPEL E CELULOSE PARA A EDITORA SCHWARCZ EM NOVEMBRO DE 2019

A marca FSC® é a garantia de que a madeira utilizada na fabricação do papel deste livro provém de florestas que foram gerenciadas de maneira ambientalmente correta, socialmente justa e economicamente viável, além de outras fontes de origem controlada.